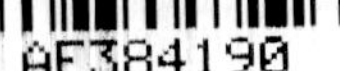

Z.

(van Palin et Fr. Lambert

62848

RELATION SINGULIERE

ou

LE COURIER

des

CHAMPS ÉLISÉES.

RELATION SINGULIERE

OU

LE COURIER

DES

CHAMPS ÉLISÉES.

A COLOGNE,

Et se trouve à PARIS,

Chez Ch. GUILLAUME, rue & Croix
des Petits-Champs, vis-à-vis l'Hôtel de Lussan.

M. DCC. LXXI.

RELATION SINGULIERE

OU

LE COURIER

DES CHAMPS ÉLISÉES.

LES DETAILS.

CROYEZ-VOUS, mon cher Lecteur, qu'il ſoit néceſſaire de mettre à la tête du récit ſingulier que je me propoſe de vous faire mon nom, ſurnom & qualité? Exigerez-vous que je vous détaille ma fortune, mon état, mes talens? Vous plairai-je par de froids éloges de moi-même, par de ridicules excuſes ſur l'ennui que je peux vous cauſer? Suivrai-je enfin l'exemple de quelques Auteurs, mes confreres, dont les longues & fatiguantes Préfaces ne contiennent que leur panégyrique, & effrayent tout Lecteur ſenſé? Non, ne craignez rien. Je hais naturellement la

A

prolixité, & j'ai une averſion particuliere pour tout ce qui porte le titre d'Avis au Lecteur, d'Avant-propos, d'Avertiſſement, de Diſcours préliminaire. Ne ſais-je pas d'ailleurs que les prieres & les excuſes ne peuvent ni détourner les traits de la Satyre, ni ſurprendre le jugement du Public?

Un Auteur à genoux, dans une humble Préface,
Au Lecteur qu'il ennuie, a beau demander grace,
Il ne gagnera rien ſur ce Juge irrité,
Qui lui fait ſon procès de pleine autorité.
BOILEAU, Sat. 9.

En conſéquence, je ne vous ferai ni prieres, ni excuſes; & je me réſoudrai volontiers à reſter au magaſin, ſi j'ai le malheur de vous déplaire. Je veux ſeulement vous dire un mot de mon métier; un mot, comme vous le ſavez, n'eſt pas trois ou quatre cens pages, qui compoſent les Préfaces mé-diocres. Je ſuis Auteur : mon pere l'avoit été; & depuis pluſieurs ſiécles, vous ne trouveriez que des Auteurs dans ma famille. Héritier de leur bureau, & animé par le ſouvenir de leurs proueſſes, j'avois ſuivi la même route. Ils avoient écrit, j'écrivois; ils avoient perdu du tems & ennuyé le Public, je crus devoir faire de même. Trop heureux encore, quand un Cenſeur rigide ne rejettoit pas mon travail, ou qu'un Libraire avide ne me fruſtroit pas de la moitié de mon ſalaire! Vous êtes peut-être étonné d'entendre parler de ſalaire; mais il faut

que vous sachiez que le Parnasse est devenu
comme un comptoir, où les Auteurs es-
comptent leurs productions, au grand regret d'Apollon & des Muses, qui, de dépit,
ont fait serment de n'en plus inspirer un seul.
On se mocque de leur colere, & on continue toujours à gagner de l'argent au dépens
du bon sens, du goût & de la belle Littérature. Il y a même tel Auteur qui se met aux
gages d'un Libraire, qui le paye à la toise
ou à la feuille. Plus il a de légereté dans la
main, de facilité à écrire, & plus il gagne.
Ne croyez pas au reste que ce métier soit
fort lucratif. Il est presqu'entierement tombé,
depuis que le Public dégoûté de Romans,
de Contes & de Poésies, n'a plus acueilli
que les Ouvrages philosophiques. Hé bien,
me direz-vous : Devenez ce qu'on appelle
aujourd'hui Philosophe; c'est le vrai & court
moyen de vous enrichir. Pour cela il ne faut
point être respectable par l'âge : voyez cette
foule de jeunes gens, dont le plus vieux four-
nit à peine cinq lustres, & qui savent unir la
galanterie & les raisonnemens philosophiques : on n'exige point même de grands talens. Il y en a tel à qui le siécle a élevé des
statues, & qui pour tout appanage avoit un
peu de facilité, beaucoup de brillant & quelques amis. Qui vous retient? Courrez dans
une carriere où le prix vous est assuré,
quelque peu d'efforts que vous fassiez pour
l'acquérir. Vous vous imaginez donc, mon

A ij

cher Lecteur, que le métier de Philosophe est aisé. Ha! détrompez-vous. Rien peut-être de si difficile à soutenir que ce personnage. Croyez-vous en effet qu'il ne faille pas des talens supérieurs pour concilier l'amour de l'austere sagesse & la folâtre joie, la douce vanité, la bizarre mode? Pensez-vous qu'il y ait rien de plus difficile que d'unir le bel esprit & la morale? Et quoi de plus admirable, à votre avis, que de parler des mœurs en pointes, de faire valoir des riens, de traiter de tout, sans avoir jamais rien appris, de donner des préceptes de ce qu'on n'a jamais ni connu, ni pratiqué, d'approfondir les matieres les plus sérieuses, sans réfléchir, sans s'appliquer; que dis-je! en courant de plaisirs en plaisirs; en passant de la table au cercle, du cercle au jeu, du jeu au spectacle, du spectacle au doux repos? Peut-on enfin imaginer rien de plus surprenant, que d'attaquer ce qui est solidement établi de tout tems, de fronder les autorités les plus imposantes, de combattre les adversaires les plus redoutables, d'innover sans cesse par des bons mots, des ornemens frivoles & un vain appareil de paroles? Ha! si vous y réfléchissez bien, vous avouerez que ces prodiges étoient réservés à notre siécle, & aux génies illustres qu'il a produits. Il n'est pas donné à de petits Auteurs commme nous, de tendre si haut. Au reste, mon cher Lecteur, ce titre n'est plus le mien. La bonté du ciel m'a tiré d'un état où je languiſſois, où je me conſumois inutilement, pour me donner l'emploi le plus honorable, le plus utile à la ſociété. J'eſpere que vous vous en convaincrez en liſant cette Relation.

L'APPARITION.

L'AURORE avoit annoncé le retour éclatant du pere du jour ; & ce Dieu bienfaiſant commençoit ſa lumineuſe carriere, lorſque m'arrachant aux douceurs d'un ſommeil agréable, je m'enfonçai dans l'horreur d'un bois épais. Là, invoquant les Muſes, je pris la réſolution d'immortaliſer mon nom par un ouvrage digne de l'admiration de la poſtérité. Les ſujets ſe préſenterent en foule à mon eſprit incertain ; mais rien ne me parut plus capable d'inſpirer ma verve & de me fournir les fictions les plus heureuſes, que la gloire & les vertus du Prince bien-aimé, à qui les Dieux favorables ont confié la gloire & le bonheur de ce vaſte empire. Oui, Grand Roi, j'entrepris de vous chanter ; & ſi ma Muſe eût ſecondé mon zèle, votre éloge eût été comparable à celui des Achille, des Ulyſſe & des Énée ; mais à peine ma main eut-elle tracé quelques lignes, que mon eſprit ſuccomba ſous la grandeur de cette entrepriſe. En vain invoquai-je Apollon,

A iij

en vain appellai-je les neuf doctes Sœurs ;
ces Divinités furent fourdes à ma voix , &
infenfibles à mes prieres , voulant fans doute
qu'un travail fi illuftre ne foit confié qu'à
leurs plus chers favoris. Cependant je faifois
de vains efforts . & femblois m'écrier avec le
Poëte :

> C'eft trop garder le filence ,
> En fi beau fujet de parler.

Dans ce moment un bruit léger frappe
mes oreilles , diffipe ma fureur poëtique ,
me remplit d'horreur & de crainte. Je me
rappelle qu'aucun mortel ne peut pénétrer
dans cet afyle facré : déja je me figure un de
ces fantômes effrayans , que l'enfer produit ,
& que les Dieux irrités contre les hommes ,
font fervir à leur punition : déja je détourne
des yeux égarés ; mais une voix douce &
fonore m'appelle , & j'apperçois un jeune
homme, dont les regards pleins de douceur ,
& le fouris gracieux , calment ma frayeur ,
& me rendent à moi-même. N'attendez pas ,
mon cher Lecteur , que j'entreprenne de
vous peindre cet air héroïque, cette beauté
mâle & parfaite , cette férénité , cette ma-
jefté, qui ne convient qu'aux Dieux immortels, & qu'Homere, leur pere, a déja fi bien
décrite. Sachez feulement que celui-ci étoit
revêtu d'une étoffe légere , dont la couleur
brillante retraçoit l'éclat de la voûte azurée :
deux aîles dorées dirigeoient fa courfe ra-

pide, & sa main étoit armée du redoutable
Caducée. A ces marques, reconnoissant Mercure : « Divins fils de Maïa, m'écriai-je,
» quel dessein peut t'avoir engagé à visiter
» un Auteur infortuné! Les cruels destins
» sont-ils donc adoucis? Les Dieux exau-
» cent-ils les humbles prieres des malheu-
» reux? Invoqué tant de fois dans mes Ou-
» vrages, Apollon t'envoie-t-il pour inspirer
» ma verve, & animer mon courage? Parle,
» Dieu de l'éloquence; dicte tes loix, & ma
» main légere suivra les accens de ta voix
» divine : ma gloire égalera celle des plus
» grand Héros du Parnasse. Prête moi cette
» lyre enchanteresse, dont les doux accens
» ont assoupi autrefois l'infatigable Argus. »
Tels étoient à peu-près les discours que me
faisoient tenir la surprise & la joie; mais le
fils de Jupiter ouvrant une bouche, où la
douce éloquence sembloit avoir établi son
thrône, m'interrompit & me parla ainsi:
« Insensé, à quelles chimeres déraisonnables
» ne livres-tu pas ton esprit & ton cœur? Je
» ne viens à toi ni par l'ordre d'Apollon, ni
» pour animer ta grossiere Muse. Cesse,
» crois-moi, d'invoquer les Divinités du
» Parnasse. Elles ne te connoissent, ni ne
» t'entendent. Abandonne un emploi, qui
» ne t'est ni glorieux, ni profitable. Crois
» que la véritable gloire consiste à devenir
» utile à la société. Hé, que servent au Pu-
» blic les futiles productions dont il est acca-

» blé! Si un vil intérêt t'engage à écrire,
» apprens que les esprits les plus divins n'ont
» trouvé à la suite des Muses que l'affreuse
» indigence. Les favoris de Therpsicore,
» ceux qui enchantent les mortels par la
» douceur de leur voix, ou la mélodie de
» leur lyre, trouvent dans la libérale ma-
» gnificence une source de richesses & de
» bonheur. Ceux dont l'art orne & embel-
» lit sur la scène de Melpomène les ouvrages
» inspirés par cette Muse, reçoivent le juste
» & abondant tribut dû à leur talent. L'arti-
» san le plus vil, en excellant dans son mé-
» tier, est assuré d'une ressource. Nous som-
» mes les seules Divinités, qui n'ayons à of-
» frir à nos plus chers favoris qu'un encens
» tardif, & des lauriers incertains. Tel est le
» sort que la bizarrerie & l'injustice leur pré-
» parent. Entre donc dans une carriere plus
» agréable, & écoute les ordres dont je suis
» chargé à ton égard. » Quelqu'avantage
que parut me promettre ce discours, il me
jetta dans la consternation & le trouble, en
déchirant le bandeau flateur qui me déroboit
la connoissance de moi-même. La honte me
fit garder un profond silence, & Mercure
continuant : « Tu sais, reprit-il, que l'ingé-
» nieuse Poésie a prescrit à chaque Dieu son
» appanage & ses fonctions ; & que libérale
» à mon égard, elle m'a rendu fameux non-
» seulement dans l'Olympe, où j'exerce la
» glorieuse fonction de Messager des Dieux,

» non-feulement fur la terre, où je préfide
» à l'heureufe adreffe, à l'infatigable commerce; mais encore dans les enfers, où
» je conduis les ombres pâles & effrayées
» des malheureufes victimes de la mort.
» Telles furent fes loix à mon égard, tel eft
» l'ordre des deftinées. Ces ames tremblan-
» tes font préfentées au redoutable Minos,
» à l'équitable Radamanthe, au févere Ea-
» que, qui prefcrivent à chacune d'elles le
» lieu qu'elle doit occuper dans le vafte em-
» pire de Pluton, après avoir examiné avec
» la rigueur la plus inflexible, les actions,
» les vices, les vertus, qui les rendent ou
» les favoris, ou les ennemis des juftes
» Dieux. Cependant quelqu'intégre que foit
» l'équité de ces Juges, quelque féveres que
» foient leurs Arrêts, les Champs Elyfées,
» ce féjour des grandes ames & des Héros,
» ont vu avec furprife depuis quelques an-
» nées, un certain nombre d'hommes peu
» confidérables par leurs talens, & d'une
» vertu médiocre, introduits dans la compa-
» gnie des Poëtes favoris des Mufes, des
» Orateurs les plus fameux, des Politiques
» les plus eftimables, des Guerriers les plus
» redoutés; foit que l'ingénieufe adreffe, la
» trompeufe hypocrifie, ayent trouvé les
» moyens de s'introduire dans ces lieux
» facrés; foit que ces Juges prudens ayent
» penfé que ce fiécle de fer ne pouvoit pro-
» duire d'autre vertu qu'une vertu médio-

> cre, & qu'ils l'ayent regardé comme l'hé-
> roïfme, dans un tems où le vice honteux,
> le luxe méprifable, le vil intérêt, ont dé-
> gradé prefque tous les hommes, & entiere-
> ment banni la vraie grandeur & les pré-
> cieux talens. Quoiqu'il en foit, les anciens
> habitans de ce beau féjour n'appercevant
> point dans ces ames ces dons précieux,
> ces marques illuftres, ce caractere divin,
> appanages ordinaires des demi-Dieux, ont
> été pénétrés de douleur & d'indignation.
> L'amour de l'ordre & de la juftice qui les
> enflamme, leur a fait pouffer les plaintes
> les plus ameres. C'eft donc en vain, fe
> font-ils écriés, que la vertu gémiffante
> fous la tyrannie de l'affreufe calomnie,
> pourfuivie par la fanguinaire injuftice,
> confondue dans la foule méprifable d'un
> vulgaire aveugle & déraifonnable, s'étoit
> flatté de trouver dans ces lieux une retraite
> pure & affurée. Ces lieux même, ces lieux
> heureux & divins font fouillés de l'afpect
> impur d'une vertu médiocre & mêlangée:
> cette penfée les pénétroit, & leur faifoit
> oublier cette joie pure, ces tranfports in-
> compréhenfibles qui les animoient aupa-
> ravant; leurs lauriers partagés leur deve-
> noient moins chers, & le trouble fuccé-
> doit à l'inaltérable félicité. Mais les deftins
> ont eu égard à la juftice de leurs plaintes;
> & après avoir remédié au défordre qui les
> avoit excité, ils ont ordonné qu'à l'avenir

» les Poëtes, les Orateurs, les Politiques,
» les Guerriers, ne pourroient plus être ju-
» gés que par ceux qui les auroient précédé
» dans une même carriere, & qui auroient
» mérité par leurs talens & leurs vertus,
» une place dans le séjour heureux, destiné
» aux hommes extraordinaires & fameux.
» Cependant ces ames illustres, dont l'heu-
» reux repos & l'amour de la vertu font le
» seul bonheur, se sont d'abord refusé à un
» emploi si glorieux, dont les Dieux mêmes
» auroient été jaloux, & ont justifié leur
» refus, en prétextant l'ignorance profonde
» où ils sont de ce qui se passe sur la terre.
» Pour détruire ce prétexte, les destins ont
» rompu l'insurmontable barriere qui sépa-
» roit le séjour des vivans & celui des morts;
» & ils ont arrêté que toutes les fois que les
» ames heureuses desireroient être instruites
» de ce qui se passe parmi les vivans, je choi-
» sirois un homme discret & vertueux, qui
» porteroit aux Champs Elysées les Gazettes
» utiles qui renferment les actions des Politi-
» ques & des Guerriers, les Journaux, ou-
» vrages du goût & de la sévere critique, &
» les productions les plus récentes de l'aima-
» ble Poésie & de la grave Eloquence. J'ai
» jetté les yeux sur toi. Hâte-toi d'obéir à la
» voix des Dieux qui t'apellent. Demain,
» lorsque le soleil plus sombre sera prêt à se
» plonger dans le vaste océan, au moment
» où les portes du noir empire sont ouver=

» tes pour l'entrée des ames que j'y conduis;
» je viendrai te prendre : fois prêt, & ré-
» ponds par ton zele à la faveur des Dieux
» bienfaifans. » Ainfi dit Mercure ; & auffi-
tôt traçant un fillon éclatant de lumiere, il
s'éleva dans les airs, & difparut à mes yeux,
me laiffant tout rempli d'une appatition fi
extraordinaire.

L'HEUREUX HAZARD.

Revenu de ma premiere furprife, je
me hâtai de remplir les ordres du Meffager
des Dieux, & de me préparer à mon voyage.
Le premier objet qui m'occupa, fut le foin
de me fournir des ouvrages nouveaux, que
je devois porter aux Champs Elyfées. Je
me préparai donc à aller dans un de ces
réduits obfcurs, (1) que l'avide intérêt a conf-
truit, & où les adorateurs des Mufes cher-
chent en vain ce qu'un nom faftueux leur
promet. Je tournai mes pas vers ces lieux
enchantés, (2) décorés autrefois par le nom
fameux d'un des plus grands Miniftres que
la France ait poffédé, & rétablis n'a guè-
res (3) dans leur ancien éclat, par les gé-

____

(1) Les Cabinets Littéraires. Quiconque les con-
noîtra ne pourra être furpris de ce que j'avance.

(2) Le Palais Royal.

(3) Ce mot étoit autrefois du plus bel ufage. Les in-
fupportables circonlocutions, qu'on eft obligé d'em-

[13]

néreufes mains du Prince, leur illuftre pof-
feffeur. Il m'arriva cependant une avanture,
dont je veux vous faire part, mon cher Lecteur. Je marchois triftement, l'efprit occupé
de la grandeur de mon entreprife. Une foule
effrayée m'accable, & remplit l'air de murmures, de cris, d'affreux hurlemens. Je leve
des yeux diftraits, & j'apperçois l'élégante
& légere voiture d'un petit maître. Ce char
brillant fuivoit la rapide marche d'un courfier Anglois, dont les magnifiques harnois
annonçoient le goût décidé pour la mode,
& l'impertinence de fon maître. Affis fiere-
ment fur ce brillant attelage, ce nouveau
Phaëton infultoit à la vile populace qui
l'environnoit. A la rapidité de fa courfe, le
peuple effrayé prenoit précipitamment la
fuite. Je contemplois cependant l'élégante
négligence de fes cheveux treffés, le brillant
couleur de feu de fes fuperbes habits, l'intéreffante dextérité, les graces aimables,
qui fembloient voltiger autour de lui, lorfque le courfier indocile & mal conduit, fe
cabra, & renverfa l'admirable perfonnage
qui fe trouva expofé à l'injurieufe raillerie
d'un peuple peu refpectueux. Alors vous
euffiez vu ce nouvel Hyppolite prefqu'ac-
cablé fous le poids énorme de fon propre
char: vous euffiez vu ces membres délicats

& foibles faire de généreux & vains efforts,
pour rompre les replis tortueux des rênes
embarraffantes. Mais me rappellant dans ce
moment le refpect dont tout bon François
doit être pénétré pour un adorateur de la
mode, je m'approchai, & quoiqu'avec peine, le tirai du danger où l'avoit expofé fon
imprudente vivacité. A peine eût-il réparé
le défordre honteux de fa chûte, qu'il me
marqua fa gratitude, en m'offrant une place
dans fon char. Je l'acceptai, & ce fut un
fpectacle divertiffant de voir un Auteur
obfcur & négligé, affis aux côtés du favori
des Graces & du fujet fidele de la mode. Inf-
truits par fon propre exemple, nous avançâmes à petits pas, & il profita de ce tems
pour me combler des remercîmens les plus
vifs, des affurances d'une reconnoiffance
éternelle; proteftations ordinaires aux hommes de ce caractere, & dont ils font d'autant plus prodigues, qu'elles ne font jamais
fuivies des effets. Quoiqu'il en foit, nous en-
trâmes peu à peu dans une confidence mu-
tuelle, ordinaire à nos chers concitoyens, &
je lui dis le fujet de mes recherches. « Quoi,
» vous êtes embarraffé, me dit-il, mon
» cher!.. quoi, embarraffé!.. Se peut-il!..
» Le palais de la mode exifte! .. Eft-ce
» donc un être imaginaire pour vous! .. »
A ce galimathias, je compris que je trou-
verois ce que je cherchois dans ce palais, &
je le priai de me le faire connoître. Notre

voiture s'arrêta auffi-tôt devant ces beaux lieux, (1) où l'inutile loifir & la faftueufe vanité raffemble une troupe attentive, & enchante les cœurs & les efprits par les magnifiques fpectacles de l'art, & l'harmonie des voix enchantereffes & des inftrumens mélodieux. Nous defcendîmes ; & me prenant par la main, « allons, mon cher, dit-il, » je vais vous montrer la route de cet heu- » reux féjour : » il dit, & me conduifit en effet par de fuperbes portiques jufqu'à l'entrée étroite d'un magnifique fouterrain. Adieu, me dit-il, le fpectacle va commencer ... la bonne Ducheffe, l'ami Chevalier ... je ne puis tarder ... fuivez cette route, & en un moment il difparut.

LA MODE.

JE fuivis la route qu'il m'avoit montré, & traverfai un paffage peu éclairé, qui me conduifit dans le lieu le plus admirable que l'efprit humain puiffe concevoir. Un fuperbe portique s'offrit à ma vue ; quatre rangs de colonnes de marbre jafpé foutenoient une admirable façade, où étoient repréfentées la Déeffe Vénus, les Graces & les doux préfens de Flore ; deux portes d'or travaillées

---

(1) Je crois n'avoir pas befoin de mettre le nom d'Opera.

à jour, laiffoient voir une grotte immenfe,
remplie des richeffes les plus rares. Là mille
efpeces différentes de magnifiques étoffes,
d'habits précieux, d'ornemens variés, atti-
roient les regards & flattoient l'imagination.
On ne voyoit dans ce beau lieu qu'effences
délicieufes négligemment répandues , que
diamans & pierres précieufes prodigués,
que richeffes inutilement employées. Là le
caprice donnoit mille formes bizarres aux
ornemens qu'il introduifoit. Nouveau Pro-
thée , l'art fe multiplioit, fe transformoit
de mille manieres différentes , & à peine
pouvoit-il contenter le fuperbe mépris, le
dédain outrageux, la bizarre imagination.
Aux portes de ce lieu extraordinaire veil-
loient fans ceffe la folie & la vanité. Elles
accueilloient avec tranfport ceux qui s'y
préfentoient , & les remettoient entre les
mains de la folle joie. Voir cette derniere
& fe livrer à elle, n'étoit que l'ouvrage d'un
moment. Elle profitoit bientôt de l'aimable
délire qu'elle infpiroit, & enyvroit fes fades
adorateurs d'une liqueur délicieufe qui al-
téroit leur raifon , & dont le poifon flatteur
paffoit peu à peu jufqu'à leur cœur. Ce n'é-
toit qu'après cette dangereufe épreuve qu'ils
étoient introduits dans une vafte falle, fé-
parée de la grotte par un baluftre d'or, &
qui étoit le féjour ordinaire de la mode.
J'expofai à la joie le deffein qui m'amenoit;
& rempli des idées de mon devoir, je la
priai

priai de ne me point forcer à boire le breu-
vage fatal qu'elle me préfentoit, craignant
avec raifon fes effets, quoiqu'ils ne me fuf-
fent pas entiérement connus. Elle rit de ma
priere, de mon deffein, de mes réflexions.
Elle fe livroit à des tranfports folâtres dont
j'étois furpris. Je me contins quelques momens dans les bornes de la férieufe raifon;
mais bientôt l'odeur flatteufe, le dirai-je!
la feule vue de cette liqueur enchantereffe,
m'infpira un dégoût infurmontable de toute
occupation férieufe, & un defir fecret de
me livrer à la diffipation volage & aux frivoles plaifirs. Mon voyage & les hautes deftinées qui m'étoient réfervées, ne me pa-
roiffoient plus que comme un fonge méprifable. Je me regardois avec horreur; mon
front rougiffoit de la fimplicité de ma pa-
rure; je jettois des regards avides fur les
richeffes immenfes qui m'environnoient; je
fentois au fond de mon cœur des mouvemens jufqu'alors inconnus. Déja je me livrois aux careffes flatteufes de l'aimable
joie; déja je tenois la coupe fatale, lorfque
j'apperçus avec furprife une femme, dont
le vifage févere & menaçant fufpendit mes
tranfports, & rappella ma raifon. Sa tête
étoit ornée d'un brillant cafque; fa poitrine
étoit couverte d'une éclatante cuiraffe; fon
bras foutenoit l'égide redoutable, & fa
main étoit armée d'une terrible lance. Je
reconnus auffi-tôt Pallas. Loin que fa vue

excita dans mon cœur une douce joie; elle
me jetta dans la consternation. Les transf-
ports qui m'agitoient, tout violens qu'ils
puffent être, m'étoient agréables, & le plaifir s'étoit gliffé dans mon cœur. « Que
» veux-tu faire, infenfé, me dit cette Déeffe?
» Quoi, les engagemens facrés que tu as
» contractés, les ordres du deftin, les pro-
» meffes du fils de Jupiter font déja effacées
» de ta mémoire! La volonté fuprême dês
» Dieux t'appelle dans ce lieu fatal; & le
» grand Jupiter qui veille du haut de l'O-
» lympe fur les foibles mortels, m'a chargé
» d'y accompagner tes pas, & dete préferver
» de la funefte contagion qu'on y refpire.»
En parlant ainfi, Minerve me couvrit de fon
égide, & m'ordonna de la fuivre. Je me
fentis animé d'une force toute divine. Le
courage & la paix fuccéderent dans mon
cœur à la foibleffe & au trouble. Je quittai
fans regret la frivole joie; & fous les aufpi-
ces de la fage Déeffe, je parvins bientôt
dans la vafte falle, où la mode tient fa cour.
Une nuit éternelle regne dans ce palais enchanté. Jamais les rayons de l'aftre du jour
n'y pénetrent. Mille flambeaux y réparent
l'abfence de ce bel aftre, & forment le fpectacle le plus délicieux. J'en demandai la
caufe à Minerve. « Les adorateurs de cette
» aveugle Divinité, me dit-elle, femblables
» à ces oifeaux nocturnes que la vue lumi-
» neufe du foleil afflige, aiment à cacher

» dans la nuit leurs excès & leurs honteux
» plaisirs. » Je fus cependant saisi d'admiration à la vue de ce beau lieu. Ici la mollesse couchée négligemment, faisoit consister son bonheur à s'anéantir dans un éternel
repos & dans une honteuse inaction : là, je
voyois la volupté qui offroit à ses vils adorateurs un poison subtil que les doux plaisirs
avoient renfermé sous les plus flatteuses ap-
parences. Plus loin, la fortune avoit établi
son thrône, & recevoit seule l'encens que
la sottise, amie des richesses, lui prodiguoit.
D'un côté, la fourberie inventoit les plus
heureux détours, pour surprendre l'inno-
cente crédulité, & nourrir ses plaisirs du
sang des malheureux : de l'autre, le vice &
l'imposture se faisoient honorer par leur
fastueux extérieur. Le luxe avoit exclu de
ce lieu l'utilité & la décence, pour les remplacer par les honteux plaisirs & les frivoles
agrémens. Cependant la mode assise sur un
thrône magnifiquement orné, donnoit sans
cesse des loix nouvelles, & dictoit des arrêts
irrévocables. La bizarrerie écrivoit ses ordres, & la pusillanimité les exécutoit. Les
soucis inutiles, les soins superflus, les jeux
badins, les puériles craintes, environnoient
son thrône, & inventoient mille moyens de
tourmenter ses malheureux adorateurs. Un
nombre infini d'hommes inutiles, dénués
de mérites & livrés à l'inaction, remplis-
soient ce séjour, & s'abandonnoient à tous

les excès qu'une imagination déréglée leur
dictoit. Mais ce qui me parut plus singulier
encore, ce fut le lieu destiné à la Littérature.
La frivolité présidoit à cette partie : elle
adoptoit avec joie, sans goût, sans distinc-
tion, sans aucun choix, les ouvrages mar-
qués au coin de la nouveauté, & bientôt
les rejettoit, pour les remplacer par ceux
qui leur succédoient. Je m'approchai de
cette Déité insensée, & lui exposai le sujet
de mon voyage. Elle me permit avec facilité
de choisir ce qui me paroîtroit mériter mon
attention. Je profitai de ses bontés ; & m'é-
tant saisi des Gazettes & des Journaux, je
crus devoir préférer à plusieurs autres ouvrages.

1°. La Théorie du luxe.

2°. Gaston & Bayard, Tragédie.

3°. Venus multiforme, Ode à Madame
la Comtesse de Provence.

4°. Epître en vers à Monseigneur le
Comte de Provence.

5°. Le Temple de l'Hymen.

6°. L'Hirondelle de Carême.

7°. Ma Philosophie, & quelques - autres.

Possédant enfin ce que je desirois, je
quittai ces lieux ; & sous les auspices de
Minerve, sortis bientôt de ce palais enchanté. La fille de Jupiter me quitta, au
moment que la sombre nuit déplioit ses
voiles, & que le silence qui l'accompa-

gne, commençoit à chaffer le tumulte & le bruit.

MES REFLEXIONS.

JE me hâtai de chercher dans les bras de Morphée le doux repos, & les fonges agréables qui l'accompagnent, mais mille inquiétudes éloignerent de moi les délicieux pavots que ce Dieu bienfaifant répand fur les hommes. Les richeffes immenfes que j'avois vu dans le Palais de la Mode, vinrent fe préfenter à mon imagination, & exciter mes defirs. Je comparois le fort heureux dont jouiffoient les adorateurs de cette Deïté, à la gloire que les Dieux me préparoient. Que l'efprit de l'homme eft incompréhenfible, & fouvent contraire à lui-même! Il s'afflige fans fujet, il fe réjouit fans raifon, il s'inquiete fur un avenir incertain; pourquoi plus raifonnable, ne remet il pas fon fort entre les mains des Dieux bienfaifans? qu'il s'épargneroit de larmes, de foupirs, d'inquiétudes & de chagrins, s'il étoit fincerement perfuadé que ces Dieux attentifs à fes befoins, reglent toutes fes démarches, veillent fur tous fes pas, entendent fes cris, & font prêts d'exaucer fes humbles prieres! Des réflexions fi fages étoient alors bien éloignées de ma penfée. Je me plaignois des Dieux, & ne craignois pas de les accufer d'injuftice. « Quelle bizarrerie!

» m'écriois-je ; il y a tel mortel, dont l'em-
» ploi honorable que les Dieux me deſtinent,
» auroit fait le bonheur, & entre les mains du-
» quel les utiles richeſſes ne ſont que des ob-
» jets de diſſipation & de déréglement. Pour-
» quoi les Dieux plus juſtes, n'accordent-ils
» pas à la pureté de mes deſirs ces pernicieuſes
» richeſſes, & ne conſient-ils un honneur
» inutile pour moi, à celui dont il ſeroit la
» félicité ? Ha financier inſenſé, un tréſor
» amaſſé par la fraude & l'injuſtice ne peut
» contenter tes deſirs. Tu ſoupires après les
» vains honneurs dont tu es indigne, que ne
» puis-je changer mon ſort infortuné, contre
» ton heureux deſtin. Et toi dont les ancêtres
» peu connus ont établi la fortune ſur mille
» & mille actions baſſes & criminelles, & à
» qui les Dieux ont refuſé les talens & les
» vertus qui ſervent à immortaliſer les hom-
» mes ; que j'abandonnerois volontiers la
» gloire qui m'eſt promiſe, pour jouir d'une
» partie de ces vaſtes héritages, fruits des
» talens & des crimes de tes peres. Ha, ri-
» cheſſes, deſirables richeſſes, vous ſeules
» pouvez faire le bonheur de l'homme. Dieux
» injuſtes, accordez à mes vœux la fortune,
» & retirez cette vaine réputation dont vous
» me flatez. » Telles étoient, mon cher Lecteur, les réflexions auxquelles je me livrois.
Je rougis de vous les confier, perſuadé que
vous les trouverez également honteuſes &
déraiſonnables. Prenez-y garde cependant,

ces fentimens qui excitent fi juftement votre
mépris, animent la plus grande partie des
hommes, & font les motifs fecrets de leurs
entreprifes & de leur conduite. Voyez cet
homme diftingué par fa naiffance, à quelle
baffeffe ne fe porteroit-il pas, pour augmen-
ter des revenus déjà immenfes? Non, mon
cher Lecteur, il ne craindra pas d'être redevable à un inférieur de plier fervilement fous
les caprices d'un homme auffi méprifable par
fa condition, que par fes mœurs, de le flat-
ter, de fe conformer à fes plus étranges bizarreries; pourvu qu'une efpérance trompeufe
lui montre quelqu'avantage dans un avenir
incertain. Paffez de-là à la médiocrité. Voyez
ce marchand, cet artifan, ce bourgeois; que
ne fait-il pas pour affurer fa fortune & aug-
menter fes tréfors. Celui-ci profitant du dé-
fefpoir & du malheur de l'indigent infortuné,
place habilement des fommes médiocres
qu'une abondante ufure fait tripler en deux
moiffons. Cet autre peu content d'un gain
jufte & médiocre, fait avec adreffe tromper les
yeux peu connoiffeurs d'un marchand abufé.
Nous en voyons qui ont le talent d'affermir
leur fortune fur les ruines de créanciers malheureux, & qui par des affronts volontaires
& multipliés, fe mettent enfin au-deffus des
loix. Il y en a tels, qui paffant de maifon en
maifon, dépouillent les héritiers légitimes,
s'approprient des biens étrangers, épient les
momens, étudient les caracteres, furpren-

nent la foible vieilleſſe & accumulent des
tréſors par mille baſſeſſes, mille ſervices
trompeurs, heureux quand il n'y joignent
point les crimes les plus noirs. A votre avis,
mon cher Lecteur, quelque probité, quelque grandeur d'ame que ces hommes af-
fectent, quel motif les anime, quelle paſſion
les dirige ; je crois que vous réſoudrez ai-
ſément ce problême. Quoiqu'il en ſoit, je
m'occupois du bonheur des riches, & je me
livrois au déſeſpoir, à l'envie & au chagrin.
Dans ce moment j'apperçois avec ſurpriſe
une vive lumiere dont l'éclat diſſipe en un
inſtant les triſtes ombres de la nuit. Mille
couleurs nuancées formoient un cercle lu-
mineux : « tel eſt l'arc d'Iris, me diſois-je à
» moi-même, en conſidérant ce prodige, lorſ-
« que cette Déeſſe aſſemble les eaux, & orne
» le ciel contriſté par les humides nuages. » Je
ne me trompois point ; cet arc s'ouvrit, & la
meſſagere de Junon parut à mes yeux. Son
viſage radieux brilloit d'un feu divin, ſa
beauté ſurpaſſoit celle des mortelles les plus
renommées ; elle me regarda avec indigna-
tion, & me tint ce diſcours : « Mercure oc-
» cupé par les ordres de Jupiter, m'a parlé
» ainſi : aimable Iris, fille de la divin Electre,
» voyez cet homme inſenſé, à qui les Dieux
» préparent le ſort le plus heureux, voyez-le
» s'abandonner aux murmures, aux plaintes,
» à l'affreux déſeſpoir. Ecoutez ſes prieres
» injuſtes ; il deſire les richeſſes, il ſe plaint des

» dons précieux des immortels : fans doute
» leur juftice n'égale pas leur bonté , & ils
» ne prennent aucun foin des foibles hom-
» mes. Mais quelqu'indigne qu'il foit de nos
» faveurs, defcendez, aimable Iris, defcen-
» dez, & dites-lui : tes defirs feront comblés :
» demain avant de pénétrer dans le fombre
» Empire de Pluton , je te conduirai chez
» Plutus. Là tu verras le bonheur des riches,
» & les avantages des richeffes. Si un tel fort
» a de quoi te plaire , tu pourras le choifir ,
» il deviendra ton partage affuré. Mille autres
» répondront par plus de reconnoiffance à
» la faveur que les Dieux te préparoient. »
Ainfi dit Iris, & fe renfermant dans fon
brillant char, elle fe dérobe à ma vue. Une
telle promeffe, loin de me confoler, m'affli-
gea : tant le cœur de l'homme eft inconftant.
« Ha malheureux, m'écriai-je, j'ai perdu par
» mon imprudence la protection des Dieux
» immortels. Qui me confolera d'un tel
» malheur ? Plutus & tous fes biens peuvent-
» ils réparer une telle perte » Je ne pus retenir mes larmes à cette penfée affligeante , &
maudis mille fois la cruelle avarice & l'avide
intérêt. Cependant Morphé favorable , ré-
pandit fur moi fes pavots. Je m'endormis
profondément, & les fonges flatteurs volti-
geant autour de moi , éloignerent les cruels
chagrins & les dévorantes inquiétudes.

PLUTUS.

Lorsque l'aimable sommeil m'aban-
donna, l'astre du jour avoit déja rempli les
deux tiers de sa course. Etonné d'un repos
si long & si tranquille, je ne doutai point
qu'il ne fût un présent des Dieux; je les re-
merciai de leur faveur, & me rendis en dili-
gence au lieu qui avoit offert à ma vue la
veille le fils de Jupiter. Après avoir inutilement attendu quelques heures son retour,
je commençai à me livrer à l'inquiétude. Je
craignois que les Dieux irrités de mon ingratitude & de mes souhaits téméraires, ne
me retirant leurs bienfaits, n'en honorassent
quelque mortel plus soumis, & plus digne
de leurs bontés. « Déja, disois-je, le cré-
» puscule répand sa fraîcheur sur la terre;
» les oiseaux commencent à chanter le dé-
» clin du jour. Ha, Dieux inexorables!
» Mon crime est-il donc indigne de pardon!
» Déesse aimable, m'avez-vous trompé?
» Les immortels prennent-ils plaisir à se
» jouer des foibles hommes! » Tout à coup
j'apperçois Mercure. Jugez, mon cher Lecteur, de ma joie. Je me prosterne avec
transport à ses pieds divins; & le trouble qui
m'agite, ne me permet que de foibles inar-
ticulations & de profonds soupirs. Le Messager des Dieux sourit; & me tendant une

main protectrice, « Je ne te reprocherai, me
» dit-il, ni tes souhaits insensés, ni tes mur-
» mures injustes. Les Dieux oublient les
» fautes que l'utile douleur & les humbles
» prieres expient. Que le calme & la paix
» rentrent donc dans ton cœur à la voix de
» Mercure. Suis-moi. J'ai prévenu de quel-
» ques instans le coucher du soleil, afin de
» te conduire chez Plutus. Ha! m'écriai-je,
» ma faute n'est point oubliée, puisque vous
» rappellez ce nom odieux. Non, je ne veux
» ni de Plutus, ni de ses dons pernicieux.
» Que les Dieux daignent seulement me
» conserver leurs bienfaits. Mercure m'in-
» terrompit. Que les hommes sont insensés,
» me dit-il! Ils détestent bientôt ce qu'ils
» ont desiré avec ardeur : ils ne savent ja-
» mais se tenir dans le juste & sage milieu.
» Tu es une preuve bien sensible de cette
» triste vérité. Plutus étoit hier le seul
» Dieu que tu adorois ; Plutus aujourd'hui
» te paroît méprisable & odieux : excès con-
» damnable! Plutus peut être utile ; & les
» richesses qu'il donne ; sont d'excellens pré-
» sens des Dieux, quand on en sait faire un
» usage noble & utile à la société. Plutus
» ne mérite que haine & que mépris, quand
» on ne fait servir ses dons qu'à se corrom-
» pre soi-même, & qu'à opprimer ses sem-
» blables. Ne demande donc point aux
» Dieux les richesses ; elles pourroient t'être
» fatales : ne les refuse point de leurs mains

» bienfaifantes ; elles peuvent te rendre cher
» & précieux à la fociété. Ce don du Ciel eft
» un glaive, un poifon mortel, entre les
» mains du prodigue infenfé, de l'avare in-
» jufte, du libertin méprifable ; & une fource
» de bonheur & de vertus pour une ame
» grande, un cœur généreux, un homme
» véritablement fage. Ne penfe donc qu'à
» te foumettre aux juftes Dieux, & fuis-moi
» où leur voix t'appelle. » En parlant ainfi,
Mercure me frappa de fon caducée, & je
me trouvai tranfporté en un inftant dans un
chemin difficile, pratiqué fur le penchant
d'une montagne élevée & ténébreufe, dont
la feule vue étoit capable d'infpirer la crainte.
De ce fentier étroit, je portois mes regards
fur la cime & au bas de cette montagne, &
j'appercevois une troupe nombreufe de téméraires, qui les uns en defcendant, les autres en montant, faifoient tous leurs efforts
pour parvenir à cette route defirée, qui
conduit au palais du riche Plutus. Un très-
petit nombre à la fuite de l'utile médiocrité,
de l'aimable fageffe & de la divine raifon,
dédaignoient une entreprife fi périlleufe. Je
fus en effet témoin de la miférable chûte
de la plûpart de ces audacieux. Le moindre
roc les arrêtoit, le plus léger vent les ren-
verfoit dans d'affreux précipices, où trop
tard ouvrant les yeux, & reconnoiffant leur
erreur, ils fe livroient aux remords cruels
& aux inutiles repentir. Je plaignis leur in-

fortune & détestai leur folle ardeur. Mais un
nouveau spectacle attira mes regards, &
captiva mon attention. C'étoit un bâtiment
dont les hautes murailles inspiroient une secrette frayeur. Une porte de fer défendoit
l'entrée de ce lieu redoutable. Cette porte
étoit remarquable par sa construction; elle
ne rouloit point sur des gonds : une forte
bascule servoit à la faire glisser dans deux
ouvertures, & à la lever, pour donner entrée à ceux qui se présentoient. Mais qu'il est
rare que le caprice, à qui la garde en est
confiée, permette d'y passer librement, &
l'éleve à une hauteur qui n'oblige pas de se
baisser humblement! Il n'y a que ceux qui
font particulierement favorisés des Dieux,
& doués d'un courage & d'un bonheur extraordinaires, qui ayent cet avantage. Les
autres font obligés de ramper tristement &
avec douleur, par l'étroite ouverture que
leur présente le caprice au danger d'être
écrasés misérablement. Echappés à ce péril,
ils font admis par l'usure, l'injustice, le
crime affreux : obligés de tremper leurs
mains dans le sang des malheureux, & de se
revêtir d'habits souillés, qu'ils reçoivent des
mains de la fraude & de l'inhumanité.
« Grands Dieux, m'écriai-je à ce spectacle!
» Que ne fait pas faire aux mortels la soif
» infatiable de l'or! Des hommes raisonna-
» bles ne craignent-ils donc pas d'acquérir
» à ce prix ce vil métal ? » Je réfléchissois

fur cette fureur facrilége, lorfque j'apperçus la fortune au milieu de la vafte cour de ce palais, diftribuant fes faveurs aux hommes infenfés qui étoient enfin parvenus jufqu'à elle. Cette Divinité capricieufe portoit fur les yeux un bandeau épais, & donnoit fans diftinction de rangs & de mérites, les dons qu'elle tenoit de Plutus. Affidue auprès d'elle, une troupe importune foupiroit jours & nuits après fes faveurs. Lorfque ces malheureufes victimes d'une paffion funefte avoient enfin obtenu ce qu'ils avoient tant defiré, elles établiffoient leur demeure dans ce palais. Mercure me fit remarquer différens corps de bâtimens. « Voyez-vous celui-ci,
» me difoit-il; c'eft où préfide l'infâme ava-
» rice. Comblé de l'objet qu'il adore, ce
» monftre fe confume encore en defirs. Les
» craintes pâles & défigurées l'accompa-
» gnent ; les remords cruels le déchirent. Il
» fe nourrit de fiel & de poifon. Le paffé,
» le préfent, l'avenir, fervent également à
» le tourmenter. Ha, malheur à ceux qui
» vivent fous fon empire! L'affreufe pau-
» vreté feroit leur bonheur. Mais voyez de
» ce côté le lieu où habite la prodigalité.
» Les tréfors les plus immenfes ne peuvent
» fuffire à fes vains defirs, & les richeffes
» inutiles s'anéantiffent dans fes prodigues
» mains, & font bientôt converties en vains
» excès & en dons frivoles. La baffe flatte-
» rie marche toujours fur fes pas, & re-

» cueille avec soin les moissons abondantes
» que lui prépare l'amour propre. Chez
» elle la vertu n'a point d'éclat, les talens
» sont sans récompense, les services se mul-
» tiplient en vain. L'injuste caprice préside
» à ses dons, & sa vaine libéralité ne peut en-
» gendrer que des ingrats. La partie du pa-
» lais de Plutus qu'elle habite, a une porte
» toujours ouverte. Les malheureux qui
» suivent ses conseils empoisonneurs, sont
» bientôt chassés de ce riche séjour, pour
» être livrés aux réflexions tardives, aux
» séveres regrets, au mépris désespérant,
» & à l'affreuse indigence. Remarquez en-
» core, ajoutoit Mercure, ce bâtiment im-
» mense, & où les arts ont épuisé leur in-
» génieuse adresse. C'est la superbe retraite
» du luxe. Enchanté de lui-même, il se
» croit seul utile à la société, dont il est le
» plus terrible fléau. Destructeur des arts
» nécessaires, pere des vices honteux, en-
» nemi de l'honnête utilité, de la vertueuse
» nature, ce monstre s'efforce sans cesse de
» s'aggrandir, & se consume lui-même par
» un vain éclat. Quoiqu'il habite ce riche
» palais, l'affreuse pauvreté l'accompagne,
» & tous les tréfors de Plutus ne peuvent le
» mettre à l'abri de ses inévitables horreurs.
» Mais tournez les yeux vers ce bâtiment
» plus simple & plus négligé. C'est la de-
» meure de la plus basse, de la plus mépri-
» sable de toutes les passions. Dans ce réduit

» honteux l'humanité dégradée ne rougit
» plus des excès, ne connoît plus la raison,
» ne consulte plus qu'un appétit déraison-
» nable. Mille mains sont employées à pré-
» parer les mets les plus délicats. Ce que la
» mer, l'air & la terre produisent d'animaux
» ne peut suffire pour satisfaire l'insatiable
» avidité des odieux habitans de ce séjour.
» Diane, Neptune, Pomone & Bacchus,
» réunissent pour eux ce qu'ils ont de plus
» rare & de plus exquis. Leur goût usé n'est
» plus réveillé que par l'industrieuse adresse
» d'un art pernicieux ; & d'immenses riches-
» ses ne leur servent qu'à abréger leur hon-
» teuse carriere, ou à se préparer une longue
» suite de maux, justes punitions de leur ex-
» cessive & criminelle intempérance. Mais à
» quoi nous arrêtons-nous, continua Mer-
» cure! Ce bâtiment grotesque qui se pré-
» sente à notre vue, renferme une autre es-
» pece d'hommes, dont la folie moins hon-
» teuse, n'en est pas moins réelle & exces-
» sive. Là vous verriez dans de sombres sou-
» terrains d'insensés Chymistes chercher un
» bien imaginaire, & se priver d'un bien
» réel. Là vous verriez un favori de la for-
» tune, mal-à-propos amateur de noblesse,
» prodiguer les dons du sort capricieux, &
» employer ses richesses à se bâtir un nom
» qu'il n'obtiendra jamais. Là vous verriez
» un amateur prétendu des arts épuiser ses
» trésors à amasser de vaines productions,

de

» de futiles raretés, d'inutiles ouvrages, dûs
» plutôt au loifir qu'au génie de l'art, & fe
» croire amplement dédommagé par l'ad-
» miration de l'ignorante multitude. Là
» vous verriez enfin un nombre infini
» d'hommes infenfés, marchant à la fuite
» de la folie leur Reine, perdre des biens
» précieux, & dont l'ufage deviendroit fi
» utile à la fociété, en bizarreries, en folles
» imaginations, en chimeres déraifonna-
» bles. Croyez-vous donc que ces hommes
» foient véritablement heureux, & l'hon-
» nête médiocrité ne préferveroit-elle pas
» cet avare de fes inquiétudes, ce prodigue
» de fes regrets, cet adorateur du luxe d'une
» véritable indigence, ce bizarre de mille
» foins inutiles. Voyez cependant ce lieu
» étroit, & où l'art modefte laiffe encore
» admirer la nature. Il renferme le petit
» nombre de ceux qui favent faire un digne
» ufage de leurs richeffes. Si la haine de leurs
» égaux, la jaloufie de leurs rivaux, l'envie de
» leurs inférieurs, l'ingratitude, (hélas ! trop
» commune), de ceux qu'ils comblent de
» bienfaits, n'empoifonnoient leur félicité ;
» fi le bonheur pouvoit fubfifter avec ces
» monftres, je les regarderois comme par-
» faitement heureux ; car exempts de defirs,
» ils ne poffédent les dons abondans de la
» fortune, que pour devenir les bienfaiteurs
» de la fociété. A la vue de ces hommes
» bienfaifans, l'affreufe indigence, la dou-

» leur amere, le triste désespoir, prennent
» précipitamment la fuite. L'abondance,
» la douce paix, le bonheur marchent
» fidelement sur leurs traces. Images des
» Dieux immortels, leur félicité seroit sans
» doute comblée. Mais que cet Héroïsme
» est rare, & qu'il y a peu d'hommes qui
» jouissant des richesses, ne les tournent pas
» contr'eux mêmes, & dédaignent d'im-
» portuner par leurs vœux l'aveugle Plu-
» tus. » En parlant ainsi, nous nous avançâmes vers le temple de cette avare Divinité.
Ce lieu est plus admirable par les richesses
qu'il contient, que par les ornemens médiocres, dont une sordide épargne l'a décoré.
C'est là que jour & nuit assis sur un monceau
d'or, dont une rouille criminelle dérobe
l'éclat, Plutus insensible aux cris de la vertu,
reçoit l'injuste encens que lui offre la fastueuse
vanité & la foible prévention. A la vue de ce
Dieu, mon cœur fut saisi d'une secrette horreur. Je voyois avec frayeur les noirs soucis,
les craintes mal fondées, qui l'environnoient.
Je regardois en tremblant la dureté inexora-
ble, la sanguinaire inhumanité, assises à ses
côtés. Je frémissois en considérant ses yeux
creux, & animés d'un feu noir & secret, son
front ridé, ses joues pâles & livides, & son
corps qu'une affreuse maigreur rendoit hi-
deux. Mais Mercure m'avertit qu'il étoit tems
de reprendre notre route. Je lui obéis ; &,
sous sa conduite, je sortis de ce palais désa-

busé du bonheur des riches, & plein d'in-
dignation contre les richesses.

LES CHAMPS ELISÉES.

En sortant du palais de Plutus, deux che-
mins se présenterent à notre vue. L'un étroit
& difficile, étoit très-peu fréquenté : l'autre
large, étoit rempli d'une multitude innom-
brable. Nous prîmes le premier, & après un
court espace de tems, nous arrivâmes à la
porte des Champs Elisées. Cette porte étoit
d'yvoire ; une serrure d'or en défendoit l'entrée aux mortels. Mercure l'ouvrit avec une
clef du même métal. Je voudrois, mon cher
Lecteur, pouvoir vous peindre la beauté
inexprimable & les graces ravissantes de ce
lieu enchanté. Tout ce que la fertile imagination des Poëtes a pû inventer, est sans
doute bien au dessous de la vérité. Un prin-
tems perpétuel regne dans ce séjour divin ;
l'air pur n'y est jamais contristé par les humides nuages, ni condensé par les aquilons,
ni enflammé par les chaleurs brûlantes.
Le doux zéphir orne ces lieux de fleurs
dont l'éclat surpasse la beauté des richesses de
l'univers entier. Je me sentis saisi d'un doux
ravissement en entrant dans ce beau lieu.
Mon cœur ne pouvoit suffire aux transports
qui l'agitoient ; j'étois extasié & hors de moi

même : mon ame éprouvoir une délicieuse
ardeur capable de me faire perdre la vie.
Mercure remarqua mon état. « L'homme
» mortel, me dit-il, ne peut soutenir le
» bonheur dont les Dieux bienfaisans ont
» rempli ce beau lieu. Mais suis-moi, je vais
» te fortifier assez pour résister aux transports
» que tu éprouves. » ainsi parla Mercure, &
il me conduisit vers une fontaine dont le doux
murmure & la fraîcheur agréable, ne con-
tribuoit pas peu à embellir un bosquet charmant peu éloigné de la porte de l'Elisée. Il
me commanda de boire de cette eau ; je lui
obéis, & sans que les transports qui m'agitoient cessassent, je sentis une force divine
pour les supporter. « Cette eau te communi-
» quera, me dit Mercure, l'avantage de
» comprendre ce que diront les ames immor-
» telles, habitantes de ce séjour heureux. »
Nous avançâmes ensuite. Mercure fit entendre un bruit léger, & aussitôt nous fûmes
environnés d'une troupe divine, de Poëtes,
d'Orateurs, de Philosophes, de Sages & de
Héros. Ma plume se dérobe à mes foibles
mains, mon cher Lecteur, pour vous peindre l'enthousiasme sacré, les transports heureux qui animent ces grands hommes. Là un
Homere, le plus cher favori des Muses, se
livre à des extâses incompréhensibles. Là un
Virgile ressent des transports divins ; là un
Pindare, tenant une lire immortelle, chante
sans cesse les Dieux & son bonheur ; là

un Socrate retrouve une vie nouvelle , &
recueille les fruits abondans de fa conftance
& de fes vertus ; là un Platon jouit de la vérité qu'il a tant aimée ; là les Héros reçoivent
une récompenfe digne de leur courage ; là
le mérite eft parfaitement heureux : là enfin
je vis les Henris , les Louis , les Condés , les
Turennes , les Malherbes , les Racines , les
Corneilles , les Boileaux , les Cicérons , les
Démofthenes , les Boffuets , les Fléchiers ,
les Fenelons , les Rouffeaux & mille autres
dont les noms fameux épuiferoient ma
plume. Quel tranfport j'éprouvai à la vue
de cette illuftre troupe ! je me profternai
humblement aux pieds de ces grands hommes, & leur préfentai ce que j'apportois. Ils le
reçurent avec joie, & chacun fe faifit de ce qui
lui tomba fous la main. Je fus alors témoin
de la converfation la plus intéreffante ; j'ai
regret , mon cher Lecteur , de ne pouvoir
vous la rendre avec toute la grandeur, toute
l'énergie , toute la beauté , toute la précifion
qui en faifoient le principal mérite. Mais vous
remarquerez que ces ames illuftres ne par-
loient dans aucun idiôme connu ; leur langage étoit plutôt une communication d'idées
qui n'étoient exprimées par aucun fon , & que
je comprenois par la vertu de l'eau myfté-
rieufe que Mercure m'avoit enfeignée.

C iij

LES REMARQUES. (1)

HIppocrate (2) s'étoit saisi de l'Avant-Coureur. (3) Il remarqua le remede pour la gangrenne que la feuille annonçoit. Il regarda en souriant Galien, (4) qui étoit à côté de lui, & lui dit:

HIPPOCRATE en vérité, si on continue ainsi à simplifier la médecine, si on lui ôte ce voile de mystere, qui couvre ses conjectures & ses incertitudes, & qu'on publie ses secrets, que deviendront nos chers disciples?

(1) Afin d'éviter la monotône répétition de ces mots, *dit*, *répondit*, *reprit*, *continua*, *ajouta*, &c. j'ai rangé en forme de Dialogue les réflexions de mes Héros, & ai mis le nom de chacun d'eux à la tête de ce qu'ils ont à dire. J'ai cru, en cela, mon cher Lecteur, faire une chose qui vous seroit agréable.

(2) Le plus fameux Médecin & le pere, pour ainsi dire, de la Médecine. Il naquit à Coos, une des Isles Cyclades, vers la 79e Olympiade, & mourut à 104 ans. Ses Ouvrages écrits en Grec, sont encore l'admiration de l'Univers. Il joignoit à une haute science la vertu la plus integre.

(3) Pour l'intelligence de ce chap. voyez l'Avant-Coureur depuis le 6 Mai jusqu'au 3 Juin.

(4) Galien fameux Médecin, & dont les Ouvrages écrits en Grec ne le cedent, dans l'opinion des Savans, qu'à ceux d'Hippocrate. Il naquit à Pergame l'an 133 de notre Ere.

Gallien alloit répondre; mais Colomb (1)
le Génois, prenant la parole parla ainsi:

COLOMB. On ne peut trop applaudir
aux moyens de faciliter la navigation, & de
perfectionner un art si utile. Je dis cela à propos de ces bateaux à roues que l'on annonce.
L'esprit humain ne s'épuise point, & en vérité les progrès des arts surprennent, &
causent de l'admiration.

DESCARTES (2). Voici quelque chose
qui me paroît encore plus extraordinaire;
ce nouveau cadran solaire. Voir l'heure
au soleil dans sa chambre: quoi de plus
curieux & de plus commode.

CATON (3). Cela ne pourroit-il pas

---

(1) Christophe Colomb naquit à Cogureto, vil-
lage du territoire de Gênes en 1442. L'Europe qui
lui est redevable de l'utile découverte du nouveau
Monde, ne peut sans doute que m'applaudir, si je
joints son nom à celui des grands hommes.

(2) René Descartes naquit à Haie en Touraine de
parens nobles en 1596, & mourut âgé de 54 ans. Un
esprit vaste & élevé qui le rendit Philosophe raisonnable & éclairé, une ame grande, un cœur vertueux
lui méritent sans doute une place parmi les hommes
fameux & extraordinaires.

(3) Il y a eu deux grands Personnages Romains
de ce nom, Caton le Censeur, & Caton d'Utique, son
arrière-petit-fils. La sévérité de la Morale & la mort
généreuse de ce dernier, qui se tua lorsqu'il vit la
Patrie réduite en servitude, l'ont rendu à jamais fameux: c'est de lui qu'il s'agit ici, sa mort arriva à
Utique, après la bataille de Pharsale, 45 ans avant
notre Ere.

C iv

devenir un objet de luxe? On parle d'une figure bronzée, bientôt on en voudra une d'or.

BOILEAU (1). Vous croyez être encore à Rome, où au moins il vous étoit permis de déclamer contre le luxe : mais fachez que dans ce fiecle, un homme qui s'aviferoit d'en faire autant, feroit regardé comme un fou & un mauvais citoyen. Au refte voyez cette nouvelle invention de moulins, direz-vous que c'eft un objet de luxe?

CATON. Ha plût aux Dieux que l'efprit humain tournât toutes fes forces de ce côté.

BOILEAU. Je voudrois auffi qu'on commençât par-multiplier les denrées, & enfuite qu'on abrégeât & facilitât les moyens d'en faire ufage. Car à quoi . . . Mézeray l'interrompit, & dit ;

MEZERAY (2). Cette Carte généalogique des Rois de France me paroît utile ; mais j'ai bien peur que les François fuperficiels (je les connois) ne s'attachant plus

---

(1) Boileau Defpreaux. Tout le monde connoît ce fameux Satyrique, fidele imitateur d'Horace, & un des ornemens du fiecle de Louis XIV. A fes talens il joignoit la plus exacte probité. Il naquit en 1636 à Crône, felon M. l'Advocat, d'autres difent à Paris, & mourut en 1711.

(2) Mezerai eft un des Hiftoriens les plus eftimables. Son Hiftoire de France & fes autres Ouvrages font admirés. Il naquit en 1610, & mourut en 1683.

qu'aux noms & à la fucceſſion des Rois,
n'approfondiſſent pas davantage l'Hiſtoire.

NOLLET (1). Ce ne fera la faute ni
de cette Carte, ni de ſon habile Auteur.
Pour moi j'ai lieu d'être ſatisfait en voyant le
nom de Briſſon fuccéder au mien.

JUVENAL (2). Vous êtes ſatisfait, &
moi je ne le ſuis gueres. Voyez ce nom :
écoutez la maniere reſpectueuſe dont on
s'exprime, & devinez quel perſonnage cela
peut être ; c'eſt un Comédien, j'en ſuis in-
digné : ainſi les hommes proſtituent leur
encens & leur éloge.

HORACE (3). Vous êtes toujours le
même ; l'injuſtice ne conſiſte pas à louer un

---

(1) Le ſouvenir de ce ſçavant Profeſſeur en Phy-
ſique expérimentale au Collége de Navarre eſt trop
récent, pour que je ſois obligé de le faire connoître :
quiconque réfléchira ſur ces talens, ſa ſcience, ſes
lumieres, ne ſera point ſurpris de le voir au nombre
des grands hommes.

(2) Tout le monde connoît ce fameux Satyrique
Latin. Il naquit à Aquin ville d'Italie vers l'an 60 de
notre Ere, & mourut âgé de plus de 60 ans. Boiléau
a dit de lui :

Juvenal élevé dans les cris de l'Ecole
Pouſſa juſqu'à l'excès ſa mordante hyperbole.
Ses Ouvrages tout pleins d'affreuſes vérités,
Etincellent pourtant de ſublimes beautés.
Ses Ecrits pleins de feu par-tout brillent aux yeux.

Je crois avoir ici conſervé ſon caractere exceſſif &
mordant.

(3) Qui ne connoît ce Poëte latin, ſublime Lyrique, excellent Satyrique, l'ornement du Siecle

Comédien habile : tous les talens méritent d'être estimés & applaudis, mais à estimer & récompenser cette sorte de talens plus qu'une infinité d'autres plus estimables & plus utiles.

NOLLET. En voici un bien singulier. C'est l'art de noter sans voir clair.

DESCARTES. Il est ingénieux sans doute, mais j'aime les talens solides, c'est-à-dire, ceux qui tendent à la conservation & au bonheur des hommes. De ce nombre doit se mettre sans doute cette nouvelle invention de boulets d'alun & de sable pour éteindre le feu. Rien ne me paroît mieux imaginé.

GALIEN. Et rien ne me paroît plus dé-sespérant pour mes chers Confreres que ce nouveau secret de guérir les bestiaux avec de l'eau froide. Le divin vieillard le disoit tout à l'heure : si on simplifie la médecine, si on lui ôte sa mystérieuse obscurité, ils sont perdus. En voici un autre contre la fumée de tabac ; les hommes de ce siecle me paroissent bien délicats.

HIPPOCRATE. En voici encore un ; mais encore est-il plus honnête ; il exige deux médecines : la nécessité de la médecine, sup-pose celle du Médecin.

---

d'Auguste ? Il naquit à Venuse, 63 ans avant notre Eté, & mourut à 57 ans. Boileau en un vers peint son caractère comme satyrique :

Horace à cette aigreur mêla son enjouement.

MOLIERE (1). Peut-être. Hé qui empêche que les hommes n'ufent des remedes falutaires que l'expérience leur a enfeigné, fans avoir recours à ces Meſſieurs. Au reſte ne craignez rien pour eux ; il reſtera toujours aſſez de préjugés, ils ne ſont pas encore prêts d'être ruinés.

NOLLET. Vous vous amuſez à de petits objets : j'ai employé pluſieurs dixaines d'années à perfectionner la machine pneumatique, & voici qu'on propoſe d'y ſubſtituer un miférable foufflet. Raillerie à part, l'invention m'en paroit heureuſe, & il feroit à défirer que le goût fe déterminât entierement vers cette partie de l'économie & de l'utilité publique.

ALEXANDRE (2). Je crois qu'on y réuſſiroit mieux qu'à vouloir donner des ma-

---

(1) Qui ne connoît ce nom ſi fameux de l'Emule de Térence, & du Reſtaurateur de la Comédie, né en 1630, mort en 1673. Boileau a dit de lui :

C'eſt par-là que Moliere illuſtrant ſes Ecrits
Peut-être de ſon Art eut remporté le prix.
Si moins ami du peuple en ſes doctes peintures
Il n'eut point fait ſouvent grimacer ſes figures,
Quitté pour le bouffon l'agréable & le fin,
Et ſans honte à Térence allié Tabarin,
Dans ce fac ridicule où Scapin s'enveloppe,
Je ne reconnois plus l'Auteur du Miſantrope.

(2) Alexandre le Grand, fils de Philippe, Roi de Macédoine. Ce fameux Conquérant naquit à Pella, 356 ans avant notre Ere, & mourut à Babylone âgé de 32 ans.

ximes (1) relatives à la guerre de cam-
pagne & à celle des sieges. Le talent de la
guerre ne s'apprend pas, il naît avec nous.

CATON. Vous pourriez vous tromper.
L'art ainsi que l'expérience ajoute à la
nature. Mais que dirons - nous de cette Toilette de Flore, (2) de cet Essai sur les
plantes & fleurs qui forment l'objet du plus
honteux luxe. N'est-il pas révoltant de voir
les hommes consacrer leur tems & leurs talens à un vice qui fait la honte de l'humanité,
qui déshonore la raison, qui avilit l'homme?
Et peut-on faire l'éloge d'un pareil ouvrage?

BOILEAU. Vous êtes toujours Caton,
le sévere Caton. Mais si vous méprisez les
superfluités de la nature, au moins estime-
rez-vous les plantes usuelles & médicinales
dont on annonce un magasin, & qui est dit-
on placé au premier étage.

CATON. Aussi peu l'un que l'autre. Les
plantes médicinales seroient inutiles aux
hommes s'ils étoient sobres & vertueux.

DESCARTES. La proposition est forte,
mais déridez-vous un peu, & daignez applaudir à l'excellente invention d'éteindre le
feu avec de l'eau salée ; cependant je lui pré-
fererois les boulets d'alun & de sable. Ce
dernier moyen me paroît bien plus efficace

---

(1) C'est un Ouvrage ainsi intitulé.
(2) Autre Ouvrage dont le Titre est la Toilette
de Flore ou Essai, &c.

pour abforber l'élément igné, lorfque fa force eft parvenue à un certain degré. Au refte ne pourroit-on pas fe fervir de l'un & l'autre ?

VIRGILLE (1). On ne peut fans doute employer trop de moyens pour arrêter un fi terrible fléau. Mais tandis que vous raifon-niez, je me fuis amufé à lire cette petite Piece intitulée : *la Fauffe Statue* (2). L'imagination m'en paroît finguliere & agréable , mais l'exécution m'en femble foible. On auroit, je crois , pu marquer la furprife, la joie, l'a-mour ingénu , l'embarras amufant d'une maniere plus forte & plus vive. Ces paffions réunies & bien marquées auroient fans doute fait un chef d'œuvre.

PLATON (3). Je ne fais quel eft le défaut de votre Statue , mais je tiens une Hiftoire ou Poëme en profe qui s'appelle l'Hirondelle de Carême (4).

BOILEAU. Dites donc un Roman. Quoi

---

(1) Le plus excellent Poëte Latin. Ce grand homme naquit à Mantoüe 70 ans avant notre Ere , & mourut à 51 ans.

(2) La fauffe Statue. Comédie en Profe & en un Acte, & fe vend chez le Jai , rue Saint-Jacques.

(3) Difciple de Socrate , & un des plus fameux Philofophes de l'Antiquité. A la beauté de la Mo-rale, il joignoit la plus pure & la plus admirable élé-gance. Il naquit vers l'an 3576 du Monde, & mourut très-âgé.

(4) L'Hirondelle de Carême , ou le Pouvoir de l'Amour , chez Pillot, Libraire , rue Saint Jacques.

ce siecle n'est pas encore purgé de ces futiles ouvrages ?

PLATON. Quoiqu'il en soit, l'Auteur d'un tel livre n'auroit certainement pas trouvé place dans ma république, moi qui en excluois jusqu'au sage & divin Homere.

HOMERE (1). Votre zele est admirable, & la comparaison me paroît intéressante.

PLATON. J'étois votre admirateur le plus sincere ; mais je crus devoir sacrifier les in-

---

(1) Homere le plus grand, le plus estimable, le plus excellent de tous les Poëtes. Son Illiade & son Odissée, où il sçait faire un admirable mélange de tous les Dialectes Grecs, sont des chefs-d'œuvres qui ont mérité les louanges & l'admiration de tout l'Univers, les plus excellentes plumes se sont consacrées à sa gloire, & ont cru s'honorer en devenant ses Panégyristes. C'est une vérité généralement reçue parmi les Sçavans, que connoître ce Poëte & ne point l'admirer, c'est manquer entièrement de goût. Boileau mieux que moi le fera connoître.

On diroit que pour plaire instruit par la nature,
Homere ait à Vénus dérobé sa ceinture :
Son Livre est d'agrémens un fertile trésor.
Tout ce qu'il a touché se convertit en or,
Tout reçoit dans ses mains une nouvelle grace :
Par-tout il divertit, & jamais il ne lasse :
Une heureuse chaleur anime ses discours ;
Il ne s'égare point en de trop longs détours.

Aimez donc ses Ecrits, mais d'un amour sincere.
C'est avoir profité, que de sçavoir s'y plaire.

On ne sçait au juste le tems où il vivoit : c'étoit quelques sieles après la prise de Troye. Sept Villes se sont disputées l'honneur de sa Patrie. On dit qu'il étoit aveugle, je ne hazarderai point de conjecture.

térêts du goût à ceux de la religion & des mœurs, & je n'envifageois la poéfie que comme un moyen plus sûr d'amollir les hommes. Au refte quand je vous aurois admis, l'Hirondelle de Carême n'auroit encore rien à efpérer. Admirez le fujet de ce Roman, puifque vous l'appellez ainfi. Une Veftale éprife d'une paffion funefte pour un Sacrificateur, fe dérobe quelque tems à des liens facrés, & profite de ces momens pour fe livrer à un nouvel amour. Son nouvel Amant l'oublie, & trahit fes fecrets dans cet ouvrage : voilà le fond. Joignez à cela un ridicule Marquis, des defcriptions monftrueufes de crimes, une morale perdue, un ftyle coupé, & vous aurez une idée complette de ce livre, peu propre à amufer, très-éloigné d'inftruire, & fort capable de corrompre.

BOILEAU. Ne vous étonnez point de ce caractere ; c'eft celui de prefque tous les Romans. Les Auteurs de pareils ouvrages font toujours coupables ; s'ils ont des talens, ils les perdent en s'appliquant à un genre fi peu utile ; s'ils n'en ont point, ils font téméraires de vouloir écrire. J'aime mieux un Auteur qui emploie fon ftyle dur à me fabriquer une fuite d'avantures variées, ou l'hiftoire d'un Voyageur qui doit fon exiftence à l'imagination, que ces Compofiteurs de Poëmes profaïques.

LES RAISONNEMENS.

VIRGILLE. Vous avez raison ; mais voici pour les Poëtes Espagnols un triste sujet d'exercer utilement leurs talens. Je veux parler de la mort de Dom François Xavier, Infant d'Espagne, qui accomplissoit son troisieme lustre. Elle me rappelle celle du jeune Marcellus, que j'ai cru devoir déplorer dans mon Enéide.

HORACE. Que cette mort doit être sensible à des peuples vraiment attachés à leur Souverain ! Hélas ! Voilà l'injustice de la cruelle mort : elle enleve le fils d'un Souverain, une tête chere & utile, & épargne des hommes de néant, des ames de boue, d'inutiles fardeaux de la terre.

SOCRATE (1). Ne parlez point ainsi. Il n'y a aucune injustice dans cette conduite du fort. Et en effet, en quoi consiste l'équité ? N'est-ce pas à récompenser la vertu, & à punir le vice ?

____

(1) Le plus grand des Philosophes, & le plus sage des Grecs, selon l'oracle ; le premier qui enseigna la Morale. La grandeur d'ame & les talens étoient en lui au dernier dégré de perfection. Il naquit à Athenes 469 ans avant notre Ere, & mourut de poison à 69 ans. Nous avons tâché de représenter ici sa maniere de raisonner par interrogations.

HORACE,

HORACE. J'en conviens.

SOCRATE. Vous conviendrez aussi que la récompense ne consiste pas toujours à faire du bien, & la punition à faire du mal. On peut récompenser le mérite, en l'exemptant de certaines peines, & punir le crime, en lui refusant certain bien.

HORACE. Je conviens encore de cela.

SOCRATE. Mais dites - moi. Croyez-vous que l'infortuné Oreste n'auroit pas été heureux de mourir avant son parricide?

HORACE. Certes, il auroit été heureux.

SOCRATE. C'étoit cependant un jeune Prince chéri & favorisé de la nature. Quels regrets n'auroit pas excité sa perte! Clytemnestre n'auroit-elle pas pleuré ce fils si cher; & tous les Grecs n'auroient-ils pas murmuré hautement contre l'injustice des destins?

HORACE. N'importe, il auroit été heureux.

SOCRATE. Vous trouvez donc que la mort auroit été une faveur à son égard, & non une injustice des Dieux. Il étoit innocent, il eût été exempt d'un grand malheur. Les Dieux auroient donc récompensé son innocence, & fait un acte de justice; car nous avons déja remarqué que la récompense consiste quelquefois à exempter de quelque mal.

HORACE. Mais que concluez - vous de tout ceci?

SOCRATE. Je conclus que la mort qui

enleve le fils d'un Souverain, une tête chere & utile, tandis qu'elle épargne des hommes de néant, n'est pas toujours injuste ; elle est même quelquefois bonne & favorable. Cessez donc, cessez vos murmures ; tout se fait avec justice de la part des Dieux, tout est compassé avec équité. C'est aux hommes à s'instruire par les effets de leur bonté & de leur justice, & à s'animer à la vertu par de sages réflexions.

TITUS (1). Une telle morale est bien peu comprise, & heureux les hommes, s'ils s'attachoient à cette solide & utile philosophie! L'Univers entier seroit pour eux un livre d'instruction, & une source de réflexions sages. Nous pouvons en faire de bien consolantes, sur la générosité de ces différens corps qui ont pris le soin des pauvres, & par-là ont rendu le plus grand service à l'Etat. Que les richesses sont d'utiles ressorts, quand on en sait faire un bel usage ! Qu'elles procurent aisément l'immortalité! Si tous les hommes étoient bien persuadés de ce principe, l'affreuse indigence disparoîtroit de dessus la terre.

CATON. Voici des restes de notre gran-

____

(1) Empereur Romain, fils de Vespasien, surnommé les Délices du genre humain. Sa bonté, sa générosité, son amour pour les hommes & son estime pour les beaux Arts, lui mériterent ce nom. Il mourut l'année 81 de notre Ere, & la deuxieme de son Regne.

deur. Je veux parler de ce cirque découvert
à Paleftrine, de ces bains de Salmone. On
ne peut s'empêcher d'être touché de la gloire
de la République. Eft-il poffible qu'il n'en
refte plus que le nom & la gloire?

PLATON. Tout périt : les Dieux ont
marqué à chaque empire fes bornes ; mais
les hommes quelquefois avancent par leur
imprudence le moment fatal. Car de quel
excès, de quelle fureur, n'eft pas capable
l'efprit humain ! Je lis un trait bien fingulier
de fureur. Un habitant de Naples, peu at-
tentif à l'éducation d'une fille unique qui
formoit toute fa famille, rentre dans fa maifon, & trouve cette malheureufe qui venoit
de mettre au jour le fruit de fes criminelles
amours. Il faifit cet innocent, le précipite
par une haute fenêtre. Ce corps foible & délicat miférablement déchiré, meurtri, en-
fanglanté, attire par fa chûte une troupe effrayée : l'air retentit de cris, de malédictions,
d'imprécations : on accourt, on brife les
portes, on trouve ce malheureux pere prêt
à laver fa honte dans le fang de fa fille : on la
dérobe à fa fureur, on entraîne ce bar-
bare, on l'emprifonne ; & la Gazette qui
annonce ce fait, avance qu'on croit qu'il ne
fera pas puni. Que doit-on punir, fi on ne
punit pas une pareille fureur, contraire à la
nature, à l'humanité, aux loix !

TITUS. La fureur excitée par une jufte
caufe, n'excufe-t-elle pas le coupable ?

CATON. Elle le rend plus coupable; Cet homme n'a commis qu'un crime; le tems lui a manqué pour en commettre un second, & l'occasion pour en commettre mille. Quiconque s'abandonne à une fureur aveugle, dès-là se rend coupable de tous les crimes qu'elle peut lui faire commettre; & je suis surpris que les Loix n'ayent prononcé aucune peine contre cette passion si contraire aux intérêts de la société.

PLATON. On reconnoît à ce zele un Stoïcien. Le silence des Loix sur la colere ne m'étonne point; les Loix punissent les effets, & non les causes; elles ont pour objet ce qui arrive, ce qui est praticable, & non la théorie & la spéculation.

LA CRITIQUE.

PERSE (1). Pour moi, rien ne me paroît plus étonnant que la confiance des Auteurs. Je tiens une Epître (2) adressée à

---

(1) Auteur Latin, bon Satyrique, mais fort obscur. Il naquit l'an 34 de notre ere, & mourut à 28 ans. On loue en lui sa douceur & sa sobriété. Boileau a dit de lui :

Perse en ses vers obscurs mais serrés & pressans
Affecta d'enfermer moins de mots que de sens.

(2) C'est une petite piece de vers ainsi intitulée, elle a pour épigramme. *Nec tam præsentes alibi cognoscere divos.*

Monſeigneur le Comte de Provence ſur ſon mariage; j'ai peine à croire qu'on puiſſe trouver quelque choſe de plus foible. Le zele qui l'a produit, eſt très-louable, & doit ſans doute excuſer les défauts de l'Auteur; mais...

JUVENAL. Mais vous vous mocquez apparemment. Le zele n'empêchera pas qu'un Auteur ne m'ennuie; & quelque juſte ou ardent qu'il puiſſe être, il ne m'engagera jamais à ſupporter l'ennui qu'il me cauſe. J'ai lu cette petite piece : elle eſt capable de me faire fuir *au-delà des Sarmates & de la mer Glaciale*, & vous voulez que j'excuſe le zele, que je ſupporte ce compliment ſi mal tourné;

Je ne vous dirai pas que le Ciel vous fit naître
Digne fils de nos Rois ſans que vous deviez l'être:
Que le ſceptre veillit aux mains de vos ayeux;
Qu'il ne tiendra qu'à vous d'être cheri comme eux;

D'un peuple connoiſſeur vous avez le ſuffrage,
S'il vous eſt gracieux d'en jouir à votre âge, *&c.*

Car toute la piece eſt de la même force. Quelles penſées! Quels vers! Et vous croyez que le zele excuſera l'Auteur, & m'engagera à eſtimer ſes vers. Que ſon zele puiſſe m'engager à le regarder comme un bon citoyen, paſſe; mais ſes vers....

BOILEAU. Ha! au nom des Dieux, ne nous amuſons point à la critique d'une ſi foible piece. Regrettons ſeulement le papier & l'impreſſion, ſi mal employés. Je tiens

[54]

une Ode fur le méme fujet. Le titre feul en
eft plaifant : *Venus multiforme* (1).

QUINTILIEN (2). Quelle fingularité!
Il me femble qu'une Ode doit s'intituler,
Ode fur telle chofe; pourquoi aller chercher
ce titre bizarre?

BOILEAU. Vous ignorez donc que
fouvent le titre fait le feul mérite d'un ouvrage? Mais quoiqu'il en foit du titre, je
crois que ce n'eft pas le feul défaut de cette
Ode. L'Auteur veut y rapprocher tout le
bien & le mal qu'a caufé la beauté qu'il dé-
figne avec raifon fous le nom de Vénus.
Cette invention eft affez ingénieufe. Voyons
l'exécution. Je trouve la premiere ftrophe
affez bien faite; cependant ces deux vers :

Au feu facré que l'Empirée
Laiffe échapper fur les humains.

me paroiffent peu clairs. Comme l'Auteur
ne les explique pas, on ne fait ce qu'il veut
dire, ni de quel feu il prétend parler. *Incef-*
famment qui commence la feconde, me paroît peu choifi. Cette expreffion, *taille toi-*
même mes crayons, eft un peu commune.
Vénus au multiple vifage ; multiple n'eft

____

(1) Vénus multiforme. Ode à Madame la Com-
teffe de Provence, à l'occafion de fon Mariage, cé-
lébrée le 14 Mai 1771. A Paris chez , Simon , rue
des Mathurins.

(2) Fameux Orateur Latin, & Critique judicieux.
Il vivoit dans le premier fiecle de notre Ere. Ses
Traités de Rhétorique font des chefs-d'œuvre.

point François, & me paroît hazardé ; cependant l'expreſſion eſt heureuſe. La troiſieme ſtrophe eſt paſſable.

JUVENAL. Que dites-vous donc! Et cette expreſſion :

> Vénus pour avoir trop de charmes
> Cauſa ſouvent de cruels maux.

Ce tour *pour avoir* vous ſemble-t-il bien poëtique ?

BOILEAU. Vous ne pouvez nier en récompenſe que ce vers,

> Où fut jadis aſſiſe Troye.

ne ſoit très-poëtique, & ne faſſe une heureuſe image.

JUVENAL. Je l'avoue. Mais que direz-vous de cette expreſſion dans la quatrieme ſtrophe! *Hélene allume le foudre fatal*

> Du ſoufle impur de ſon haleine.

Quelle expreſſion ! Je ne ſai ſi vous me reſſemblez ; mais je ſens *un fiel amer*, quand je vois dans la cinquieme ce vers ſi extraordinaire, ſi choquant, ſi inintelligible :

> Vénus changée en Cléopatre
> A ſon vainqueur donna des fers,
> Et lui verſa des fiels amers.

Avez-vous jamais entendu une telle expreſſion ? peſez-là bien :

> Et lui verſa des fiels amers
> Lorſqu'elle étoit la plus folâtre.

Grands Dieux ! qu'eſt-ce que c'eſt donc que *des fiels amers* ? Comment Cléopatre a-t-elle

D iv

donc *verſé des fiels amers?* Que dites-vous
auſſi de cette expreſſion de la ſeptieme? *On
la vit ſortir cette fois.* Trouvez-vous *cette
fois* bien noble? De grace, ou ne critiquez
pas, ou ſoyez ſévere.

BOILEAU. Je reprendrai donc la ſeptieme ſtrophe. Elle eſt d'un ridicule incom-
préhenſible. Unir Vénus & Hérodias ; la
Mythologie & l'Evangile me ſemblent peu
décens. La dixieme me paroît d'une foibleſſe
inſupportable. *Jamais ne forma d'impurs
nœuds, & ne ſoupira d'autres vœux.* Notez
ſoupirer des vœux ; & *lorſque le brutal Tar-
quin, ſans loi, ſans foi, l'eut violée à la
mort, elle ouvrit ſon ſein.* Toutes ces expreſſions burleſques ſont bien éloignées de la
nobleſſe & de la grandeur du Lyrique. La
onzieme commence par un mot de Palais,
je ne ſçai où l'Auteur l'a été chercher.

> Je compulſe en vain les archives
> D'une poudreuſe antiquité.

Compulſer eſt-il poëtique, eſt-il François?
Pourquoi ne pas dire, de la poudreuſe antiquité? Cela eût été plus noble.

> Quand la vertueuſe beauté

Quand, au lieu de tandis. Tout cela n'eſt
nullement poëtique, & très-peu François.

HORACE. Mais l'olive eſt-elle donc
quelquefois un ſymbole de vice, puiſqu'on
la regarde ici comme un ſymbole vertueux?

En sa main l'olive naissante
Est un symbole vertueux

FÉNÉLON (1). Peut-on dire même, *symbole vertueux*, pour un symbole de vertu? Au reste l'olive est bien le symbole de la paix; mais jamais on n'a dit qu'elle étoit le symbole de la vertu. Tout cela me paroît contraire aux regles.

BOILEAU. Ajoutez & au bon sens. La strophe qui commence par ce vers, *Repose-toi, grande Princesse*, est d'une foiblesse horrible. L'Auteur aime beaucoup le mot *bercé*; car il l'employe deux ou trois fois, & cependant il est très-bas.

HORACE. Pour moi, je ris de voir cet Auteur donner dans la strophe qui précede celle dont vous parlez, des tridents aux Guerriers & aux Dieux de la guerre.

. . . . Viendront les tems
Où le noir démon de la guerre
Les armera de ses tridents.

BOILEAU. Mais admirez cette transition;

Mais vous Louis chéri Monarque

Peut-on ainsi mettre un participe devant un

---

(1) François de Salignac de la Mothe Fénélon, un des plus beaux génies qu'ait eu la France. Ses ouvrages sont dictés par les tendres Graces. Il naquit en Querci au Château de Fénelon en 1651 d'une famille très-noble, & mourut à Cambrai en 1715.

nom ? Eſt-ce parler François ? Il en faut dire
autant de ce vers :

Sa trame ſe file éternelle

JUVENAL. Voilà bien des défauts, &
je crois que ce ne ſont point les ſeuls.

QUINTILIEN. Quel eſt donc cet ouvrage, intitulé *le Temple de l'Hymen* (1),
& ſuivi d'une anecdote?

RACINE (2). J'ai lu cet ouvrage, il me
paroît foible. La deſcription du Temple eſt
trop étendue ; les digreſſions trop fréquentes ;
il y a même des inutilités. Cependant la morale en eſt très-belle, & le ſtyle trop affecté.
Une douceur & un pathétique énervé en-
dort l'auditeur. L'anecdote n'eſt rien qu'un
morceau détaché, dont le ſtyle eſt ſembla-
ble au reſte de l'ouvrage.

BOILEAU. Je ne ſais qui le premier a
imaginé ce ſtyle foible & coupé, que l'on
regarde comme un ſtyle ſentimenté, ce ſont,
à mon avis, deux grands défauts.

ROUSSEAU (3). Voici une jolie piece :

---

(1) Le Temple de l'Hymen dédié à l'Amour,
purâ cum mente venite, ſuivi d'une anecdote véritable. A Genève, & ſe trouve à Paris chez Roſet,
rue des Cordeliers.

(1) Ce fameux Tragique, le fidele imitateur des
Anciens, l'Emule de Corneille, eſt ſans doute le plus
eſtimable des Poëtes François, par ſa pureté, ſon
élégance, ſon pathétique, ſa régularité. Il naquit à
Paris en 1639, & mourut en 1699.

(3) Rouſſeau, célebre Poëte Lyrique. Rien n'approche de la grandeur & du feu qui regnent dans ſes

elle est intitulée, *Ma Philosophie* (1). La légereté, la franchise, la délicatesse y regnent, & y sont bien placées. Le style aisé, simple, & cependant nerveux, s'y fait admirer. Elle mérite que nous la lisions.

BOILEAU. Vous conservez encore votre caractere railleur.

ROUSSEAU. Hé quoi! Croyez-vous que ce siecle ne puisse plus rien produire d'estimable ? Croyez qu'il possede encore des talens. Au reste, lisez cette piece, & vous vous convaincrez de sa bonté.

BOILEAU. Voici un joli compliment aux Guerriers. L'Auteur a déja annoncé que c'est aux Guerriers qu'il parle.

Héros que Vénus favorise
Et dont elle aime la valeur
Parmi vous regnent la franchise ;
La loyauté, la bonne humeur.
L'amitié, l'amour & l'honneur
Du corps, je crois, font la devise.

J'ai regret de voir à la suite de si jolis vers ces deux-ci.

Je me dépitois dans ma chaîne
Je n'y tins point.... avec regrets.

Odes, de la douce naïveté qui enchante dans ses Epitres. On ne peut être surpris de voir ce Poëte François à côté d'Horace. Il naquit à Paris en 1669, & mourut à Bruxelles en 1741.

(1) Ma Philosophie, *somnia sunt ridentis non docentis*. A la Haye, & se trouve à Paris chez Delalain, rue de la Comédie Françoise.

Ils ne font, à ce qu'il me semble, que com-
pélter le nombre ; mais bientôt cette Muse
badine reprend son enjouement & ses graces.

ROUSSEAU. Il faut mettre au nombre
des traits naïfs & charmans, dont cette piece
est remplie, celui-ci ;

> Peut-être sans Janfénius
> J'eusse été Maréchal de France.

RACINE. Cette piece ne manque point
de force & de brillant, si j'en puis juger par
cettte belle description de la poësie Dramatique.

> Tout-à-coup sous un ciel perfide
> D'où jailliffent mille rayons , &c.

Cependant ce vers, *d'où jailliffent mille
rayons*, paroît un peu inutile.

BOILEAU. La morale en est aussi intéreffante, que le style en est charmant. Qu'il
feroit à desirer que toutes les pieces reffem-
blaffent à celle-ci ! La Critique changeant
d'emploi, ne pourroit plus qu'admirer &
louer.

L'EXAMEN.

DESCARTES. Voici un nouvel Ouvrage
intitulé : *la Théorie du Luxe* (1)

---

(1) Théorie du Luxe, ou Traité dans lequel on
entreprend d'établir que le Luxe est un reffort non-

CATON. Ce titre me paroît bien extraordinaire. Vouloir justifier un excès aussi honteux que le Luxe, le supposer *non-seulement
utile, mais indispensablement nécessaire à un
Etat*, c'est sans doute un paradoxe également
contraire à la raison & à la morale.

FÉNELON. On ne peut juger de cet ouvrage sur le seul titre, car souvent il est
trompeur.

BOILEAU. Pour vous en éclaircir, je vais
vous en faire la lecture ; prétez une oreille
attentive ..... Dabord que dites-vous du
Discours préliminaire ?

FÉNELON. Le commencement me paroît un peu emphatique.

CICERON (1). La remarque de l'Auteur
est juste ; *dans la théorie l'opinion commune
est contraire au Luxe, dans la pratique tout
le monde s'y livre.* Mais en sait-il la raison ;
c'est que le Luxe est un vice,& tous les vices
ont cela de commun ; on les blâme dans la
théorie : on les fuit dans la pratique. On ne
peut donc à ce qu'il me semble tirer aucune
induction favorable au Luxe de cette vérité.

---

seulement utile, mais indispensablement nécessaire à
un Etat. *Le superflu chose très - nécessaire.* Volt.
mondain.

(1) Nommer ce grand Orateur Latin, c'est le plus
grand éloge qu'on en puisse faire, il naquit 116 ans
avant notre Ere, & mourut sous les coups d'un traître,
âgé de plus de 70 ans. Orateur, Philosophe, Magis-
trat illustre, bon citoyen, vertueux, éclairé, la nature avoit épuisé pour lui ses trésors.

BOILEAU. Mais que dites-vous de ce qu'ajoute l'Auteur: *dans tous les tems ce font les Poëtes, les Orateurs, les Moraliftes qui ont le plus décrié le Luxe, & communément auffi ce font les hommes d'Etat qui l'ont appuyé?*

JUVENAL. Pour moi je crois qu'il auroit bien fait de citer ces hommes d'Etat qui ont favorifé le Luxe. Mais il n'auroit pu vous mettre de ce nombre, illuftres Solon, Licurgue, Numa, Caton, & vous tous enfin qui êtes ainfi que nous habitans de l'heureufe Elifée.

CICERON. Non certainement; il y a eu même des tems où il s'eft trouvé des hommes affez vertueux, & affez pleins d'autorité pour arrêter les progrès du luxe. Ainfi faifoient nos Magiftrats dans le bon tems de la République.

COLBERT (1). Sans aller fi loin; n'at-on pas vu le fafte fupprimé fous le glorieux Regne de Louis le-Grand, & les regles fages qu'il établit alors, n'ont-elles pas été généralement applaudies?

RICHELIEU (2). Il eft certain que les

____

(1) Colbert furnommé le Grand à caufe de fes grands talens. Il fut le protecteur des Arts, le Mecene de Louis XIV, & l'un de ces hommes rares, fi précieux à la Nation. Il naquit en 1619, & mourut en 1683.

(2) Le Cardinal premier Miniftre. Son nom feul fait fon éloge, il naquit à Paris en 1585, & y mou-

politiques les plus éclairés, ont toléré & non favorisé le Luxe.

JUVENAL. Que cet Auteur cesse donc de demander d'un air triomphant, *comment des hommes d'Etat l'ont favorisé*, puisqu'ils ne l'ont qu'à regret toléré. Qu'il cesse de s'écrier : *comment les malheurs qu'on lui impute n'ont-ils point fait sentir la nécessité d'y renoncer.* Qu'il range plutôt ce vice au nombre des autres dont les tristes effets n'ont point encore engagés les hommes à les éviter. Je crois pour moi qu'il feroit bien de *renoncer à ses méditations qui le déterminent à les croire utiles.*

BOILEAU. Ce sentiment en effet ne peut être qu'un préjugé. Cependant admirez ces expressions, *combien ne voit-on pas de gens identifiés avec leurs opinions, leur cerveau dur est modifié pour jamais.* Elles me paroissent ridiculement affectées.

PERSE. Il faudroit en effet être bien tranquille pour que *le sang ne s'échauffât pas*, & pour ne pas *s'irrriter*, en voyant les paradoxes & les expressions de cet Auteur.

MAZARIN. Pour moi je regarde tout ce qu'il dit des lumieres nécessaires à une nation comme un futile raisonnement qui tend à le faire mettre au nombre des *bienfaiteurs du monde.*

---

rut en 1642. Ce que la Nation lui doit, ne lui permettra jamais d'oublier son nom & ses services.

RICHELIEU. *Je suis de votre avis. Les* lumieres sont sans doute utiles à une nation ; mais peut-on avancer qu'elles lui servent à *diriger un Gouvernement* qui ne la consulte pas. Les lumieres se multipliant, fournissent de grands hommes utiles à cette nation, soit par leur politique, soit par leurs talens, soit par leur science ; mais peut-on dire que *ces lumieres inspirent l'autorité, la détournent ou l'arrêtent, que les nations se gouvernent elles-mêmes, que le sentiment général regle l'administration.*

MAZARIN (1). Tous ces principes me paroissent faux, & ne tendent qu'à faire dépendre la conduite du ministere de la plume de quelques écrivains téméraires.

BOILEAU. Pour moi je crois que vraisemblablement le Traité sur le Luxe, ne portera jamais son Auteur à la gloire de ces *génies créateurs à qui l'on doit les inventions divines qui répandent tant d'agrémens dans la vie, & fondent la puissance des Peuples.* Mais continuons notre lecture.

RICHELIEU. Le titre de ce premier Chapitre (2) pourroit entraîner une longue

---

(1) Cardinal, premier Ministre, successeur & fidele imitateur de Richelieu. Il naquit à Piscina dans l'Abruzze en 1602, & mourut à Vincennes proche Paris en 1661.

(2) Chapitre 1. Les principes de l'économie politique ne peuvent avoir tout leur effet que dans les grands Etats ; par conséquent quand on veut raison-

discussion :

difcuffion : mais voyons le développement de ces principes.

SOCRATE, La grande étendue d'un Empire peut fans doute contribuer à fa gloire & à fa durée ; mais peut-on dire fans choquer la vérité & la raifon que cet avantage l'emporte fur la bonne adminiftration ? Pour fe convaincre de la fauffeté de ce principe, que l'Auteur compare un petit Etat gouverné par des loix fages & bien établies, à un vafte empire livré au defpotifme, à la tyrannie & à la confufion, & qu'il fe demande à lui-même lequel des deux Etats feroit le plus heureux.

BOILEAU. Mais que veut donc dire l'Auteur, lorfqu'il avance que les *jouiffances privées & la force publique dérivent de l'état des arts & des progrès de l'efprit?* Je ne vois aucune analogie entre les unes & les autres.

RACINE. Quelle affectation cependant dans ces expreffions *jouiffances privées, fubftances, &c !*

RICHELIEU. Les expreffions ne font rien ; je fuis bien plus choqué de la penfée. Elle renferme un pur fophifme, car d'abord il eft faux que *les jouiffances privées & la force publique dérivent de l'état des arts & des progrès de l'efprit.* Il eft bon de louer les arts,

---

ner en général fur les principes d'économie politique, il faut les envifager fous le rapport qu'ils ont avec les intérêts d'un grand Empire ; & c'eft ainfi que le Luxe doit être confidéré pour être bien apprécié.

E

Ils contribuent fans doute à l'agrément &
au bonheur de la société ; mais dire que c'eft
d'eux, que *dérivent la force publique, &c.*
c'eft fans doute un paradoxe nouveau. Au
refte quand ce principe feroit vrai, il ne
s'enfuivroit pas qu'un Etat vafte fut plus
heureux qu'un petit Etat bien gouverné.
Car il feroit toujours faux de dire qu'une
nation ne peut fe perfectionner dans les
arts que *lorfqu'elle occupe une grande éten-*
due de pays.

DESCARTES. L'Auteur vous le prou-
vera. Le progrès des arts vous, dira-t-il,
exige dabord qu'il y ait un grand nombre
d'hommes qui s'y appliquent, & qui com-
muniqent enfemble.

RICHELIEU. Ce principe n'eft pas
encore vrai. La multitude d'hommes peuvent bien faciliter le progrès d'un art, mais
elle n'y eft pas abfolument néceffaire ; &
l'expérience nous apprend qu'un feul homme
jette quelquefois plus de lumieres fur un art
qu'un million qui l'ont précédé dans la même
carriere. Il ne s'agit que de favoir diftinguer
ces talens, & les appliquer, & c'eft ce que
doit faire un bon Gouvernement. Au refte un
petit Etat ne peut-il pas profiter des décou-
vertes & des lumieres de fes voifins.

DESCARTES. Mais l'Auteur vous dira
qu'il faut que ces hommes aient *beaucoup de*
fubftances & de matieres diverfes pour *mettre*
en exécution les inventions du génie. Ne

trouvez-vous pas cette preuve péremptoire.

RICHELIEU. Non certainement ; car dans un petit Etat comme dans un grand, le commerce fournira à ces hommes *les matieres*. Il faudroit qu'un Etat renfermât l'univers entier pour produire toutes *les matieres par lefquelles on peut mettre en exécution les inventions du génie* ; & ne voyons-nous pas que dans les plus petits Etats on exerce les arts, on les perfectionne. Que l'Auteur compare Geneve, la petite Geneve, & le vafte Empire Ottoman, & qu'il voie dans lequel de ces deux Etats les arts font plus perfectionés, dans lequel on *met* mieux *en exécution les inventions du génie*.

DESCARTES. L'Auteur vous répondra que Geneve, ou tel autre Etat que vous pourriez lui citer, *eft entouré de voifins dont il tire parti*. Ce n'eft point à un Etat ainfi placé qu'il veut qu'on applique fes principes, c'eft à un Etat féparé par l'imagination de tout ce qui l'entoure, *& fuppofé parfaitement ifolé* ; tel enfin qu'il n'en exifte point ni n'en peut exifter.

RICHELIEU. Et moi je lui répondrai que ce fyftême eft une chimere, puifqu'un tel Etat n'eft ni exiftant ni poffible, & qu'on ne doit raifonner que fur des Regles appliquables au moins aux chofes poffibles.

MAZARIN. Tout ce que l'Auteur dit de la guerre, de la pefte & de la famine, qu'il çroit avec raifon beaucoup plus funefte à un petit Etat qu'à un vaste Empire, est vrai : mais il a tort de conclure que l'étendue fasse nécessairement le bonheur d'un Etat & l'emporte sur une sage administration. Au reste ces fléaux sont rares, & une politique éclairée, le commerce, l'attention, les sages précautions, la population, peuvent les prévenir ou les réparer.

FÉNELON. Au reste convenons de nos faits. Qu'entend l'Auteur par un Etat heureux ? Est-ce celui qui jouit d'une grande gloire qui est redoutable à toute la terre, qui compte un grand nombre de peuples réduits en esclavage ; ou plutôt n'est-ce pas celui qui est bien gouverné, celui où chaque citoyen jouit de l'abondance, celui enfin où chaque membre est heureux & en sûreté ? Or tous ces avantages peuvent se trouver dans un petit Etat comme dans un grand : le premier peut donc être aussi heureux & plus heureux que le dernier ; tout dépend du bon Gouvernement.

BOILEAU. D'ailleurs que fait cette question à son sujet ? On lui accorde volontiers d'examiner le luxe sous le rapport qu'il a avec les intérêts d'un grand Empire. Pourquoi vouloir traiter un problême qui devient tout à fait étranger à la matiere dont il s'est proposé de parler ?

CATON. Quoiqu'il en soit, l'Auteur a bien senti que son systême favorisoit la tyrannie & la fureur des Conquérans infa-

Hables. Il tâche de prévenir cette objection; mais les reſtrictions qu'il s'efforce d'établir ne ſont qu'arbitraires & foibles, & n'empêche pas que l'on ne raiſonne ainſi d'après ſes principes : plus un état eſt vaſte, plus il eſt heureux; un Etat doit toujours tendre au bonheur : d'où il s'enſuit qu'il doit travailler ſans ceſſe à s'aggrandir.

RICHELIEU. Au reſte quand il a bâti ce ſyſtême, n'a-t-il pas fait réflexion à la difficulté de réunir toutes les parties d'un Etat vaſte, de les gouverner, de les diriger vers le même but, de les contenir dans le devoir, de pourvoir aux beſoins de l'une ſans altérer l'autre, de ne former qu'un tout de tant de parties diverſes, & d'appliquer les mêmes principes à pluſieurs peuples qui different de caracteres, d'inclinations, de goûts? Mais je vous arrête mal à propos ; continuez s'il vous plaît.

CATON. Le titre de ce chapitre (1) renferme un principe bien ruineux *le Legiſlateur doit ſans doute encourager au travail*, mais

---

(1) Chapitre II. La grande étendue d'un Etat opérant, ſa proſpérité à la faveur des vrais principes de l'économie politique, principalement par les productions que le travail peut tirer d'un grand territoire, le premier objet du Légiſlateur doit être d'encourager au travail. Le goût du luxe eſt le reſſort qui répond le plus efficacement à cette vue, lorſque la ſûreté de la perſonne & la propriété des biens eſt ſolidement établie.

n'eſt-il pas choquant d'avancer que *le goût du luxe ſoit le reſſort qui réponde le plus effi-cacement à cette vue.*

BOILEAU. Il me ſemble que l'Auteur dévelope aſſez bien comment les arts deviennent utiles aux hommes en leur donnant moyen d'employer les dons de la nature qu'ils ne peuvent conſommer.

RICHELIEU. Oui; mais il oublie qu'en multipliant les arts à l'infini, au lieu d'animer au travail ſolide, il en dégoûte. Car d'abord ne faut-il pas pour ces arts une infinité de mains qui ne s'appliqueront plus à l'Agriculture & aux travaux néceſſaires? de là naîtront enſuite la corruption & le mépris des arts utiles. L'expérience ne le prouve que trop. Combien de terres incultes demanderoient le travail d'hommes inutilement employés aux objets du luxe? Combien de vices feroient retranchés s'il n'y avoit des arts frivoles qui les nourriſſent? Quand au mépris des arts utiles, je m'en rapporte à l'Auteur. Quel eſtime ne fait-on pas d'un Bijoutier fameux, d'un Ouvrier adroit, d'un riche Marchand, & de quel mépris n'eſt pas couvert un Laboureur utile, un Cultivateur ignoré?

CATON. Ce qui m'étonne, c'eſt de voir l'Auteur avancer comme un principe ſûr & inconteſtable, celui-ci, que *le Legiſlateur doit laiſſer l'eſſor le plus libre à l'induſtrie du travailleur, & à la fantaiſie du conſomma-*

teur. Mais à quoi ferviront les loix fi elles ne mettent aucun frein à l'orgueil, à la folie, à la fotte vanité & à la faftueufe corruption? Ha ! qu'il feroit à defirer que des loix fages euffent réprimé la fureur du premier qui attacha une idée de bonheur & de félicité à des excès condamnables & pernicieux.

BOSSUET (1). L'Auteur ne craint pas d'avouer que les *jouiffances* même *des arts frivoles deviennent une forte de befoin qu'on fatisfait avec empreffement, parce que flattant l'efprit ou les fens, apportant mille agrémens, mille commodités dans la vie, elles rendent l'exiftence plus douce.* Il faut que cet Auteur n'ait guéres étudié l'efprit & le cœur humain ; il ignore fans doute que ce qui *rend l'exiftence plus douce,* c'eft l'exemption de defir ; que ce qui forme le bonheur de l'homme, c'eft de ne point reffentir les mouvemens triftes & fâcheux des paffions, que les defirs & les paffions fe multiplient avec les befoins, que conféquemment tout ce qui multiplie les befoins, rend l'homme malheureux & *l'exiftence* moins *douce.* L'homme feroit riche fi, content des dons de la nature, il n'avoit point inventé mille befoins faux & inutiles. Ces objets d'une paffion

---

(1) Jaques Benigne Boffuet, une des lumieres du fiecle paffé, & le Démofthene François par la grandeur de fes penfées, & l'élévation de fon ftyle. Il naquit à Dijon en 1627 d'une famille noble, & mourut à Paris en 1704.

funeste existans, le rendent pauvre, affligé, & conséquemment malheureux.

FÉNELON. Mais peut-on supposer que cette source de malheurs peut servir à la population. Rien n'y nuit davantage que la pauvreté, & qu'est-ce qui a rendu l'homme pauvre, comme vous l'avez remarqué, si ce ne sont les objets du luxe qui multiplient ses desirs & ses besoins ? Un malheureux Cultivateur ne voit plus que chagrin & douleur dans son état quand il apperçoit les maisons des riches briller d'un éclat trompeur & qu'il regarde comme une source de félicité. Il craint de transmettre son infortune à sa malheureuse postérité. Quel sentiment plus contraire à la population ?

CATON. Oui, si les hommes étoient dans cet état de richesses que l'Auteur a représenté avant la naissance du luxe, ils desireroient sans doute de multiplier leurs familles, sûrs de leur fournir un état aisé & abondant, & quel sentiment plus favorable à la population ?

BOILEAU. Mais passons au troisieme Chapitre (1).

FÉNELON. Il est très-faux d'abord que

____

(1) Chapitre III. L'homme est constitué de maniere à pouvoir vivre des productions spontanées de la terre. Cependant le goût du luxe est de l'essence de l'homme. Sans ce goût les sociétés ne fleuriroient & n'existeroient même pas. Développement de cette vérité.

l'homme puiſſe ſubſiſter des productions ſpontanées de la terre.

CATON. Il me paroît encore plus faux que le goût du luxe ſoit de ſon eſſence, & que ſans ce goût les ſociétés ne puſſent ni *fleurir*, ni *exiſter*.

BOILEAU. Il me ſemble que c'eſt bien mal-à-propos que l'Auteur confond les objets de luxe & les objets d'utilité.

FÉNELON. Mais n'eſt-ce pas réduire l'homme à la condition des animaux, que de vouloir qu'il vive nû, ſans armes, des productions ſpontanées de la terre. L'homme a reçu la raiſon, & cette raiſon lui dicte qu'il eſt né pour la ſociété; cette raiſon lui inſpire des ſentimens d'honnêteté, qui ne lui permettent pas de vivre comme les brutes; cette raiſon produit en lui l'humanité, qui lui fait trouver un plaiſir ſecret à être utile à ſes ſemblables. Voilà les cauſes des ſociétés.

MEZERAY. Ajoutez encore que les hommes ayant une commune origine, ſe ſont trouvés dans la néceſſité de s'unir par les ſociétés.

BOSSUET. Il faut auſſi remarquer que l'homme a des beſoins. La maladie l'accable, la vieilleſſe l'affoiblit, l'enfance obſcurcit ſa raiſon. Dans tous ces cas il a beſoin de ſecours; & c'eſt pour remédier à ces beſoins, que les hommes ſe ſont réunis.

DESCARTES. Au reſte, l'homme n'a-t-il pas la penſée & l'organe de la voix pour

j'exprimer; ne fe fent-il pas porté à recher-
cher fes femblables pour exercer cette faculté
diftinctive, qui lui deviendroit inutile dans
une affreufe folitude, & qui eft pour lui une
fource d'agrémens?

FÉNELON. Pour moi, j'aime à puifer
les caufes des fociétés dans le cœur de
l'homme. Il aime, il s'attendrit fur fes femblables; il cherche dans l'union avec un autre lui-même la douce joie; la nature lui
infpire de tendres fentimens pour un pere
bienfaifant, un fils chéri, une aimable
époufe, un parent précieux, un ami véritable; il reffent les douces impreffions de l'a-
mour, de l'amitié, de la nature, de la reconnoiffance. Voilà les véritables motifs qui ont
engagé les hommes à fe réunir.

JUVÉNAL. De tout ceci il faut conclure
que l'Auteur de notre Théorie avoit proba-
blement l'efprit diftrait, lorfqu'il a mis le
goût du luxe, comme la feule & véritable
caufe des fociétés.

BOILEAU. Mais n'eft-il pas abfurde
de regarder l'arc du fauvage & les fouliers
comme des objets de luxe?

DESCARTES. Cela eft pitoyable.
L'homme eft né nû & défarmé; il n'a ni les
aîles des oifeaux pour fuir, ni les griffes des
lions pour fe défendre; mais les juftes Dieux
lui ont donné la raifon. A l'aide de fes lumieres, il peut travailler à fa fûreté, à fa
confervation, & mener une vie honnête &

fociale. C'eft donc une illufion de vouloir faire regarder comme objets de luxe ce qui ne fert qu'à foulager l'homme dans fes travaux, ce qui eft l'utile & l'agréable néceffaire.

CATON. Je fuis de votre avis : on ne doit regarder comme luxe que le fuperflu inutile, que ce qui ne fert qu'à nourrir l'orgueil, & à détruire la tempérance, la fimplicité, l'amour des arts néceffaires; ce qui n'eft propre enfin qu'à amollir, efféminer & corrompre les hommes.

PERSE. Pour moi, je regarde comme une idée bien étrange de ranger dans la même claffe un arc & un fopha, des nates de jonc & des lits de duvets.

BOILEAU. N'eft-il pas encore bien fingulier que l'Auteur veuille prouver que les arts qui amoliffent, peuvent fervir aux arts utiles, parce que *la danfe a donné l'idée de faire marcher les foldats en cadence, pour affurer leur enfemble*, & parce que *la mufique & les inftrumens fervent pour animer le courage des troupes, & pour régler leurs mouvemens*. On eft bien deftitué de preuves, quand on en employe de pareilles.

BOSSUET. L'Auteur fuppofe toujours que fans les objets de luxe, le cultivateur ne fauroit que faire de fes productions; mais il les employeroit au bien de la fociété : on ne verroit plus des familles infortunées languir faute de pain, des vieillards infirmes n'avoir pas le néceffaire.

CATON. Ha! certes l'efprit d'intérêt ne regneroit plus : la cruelle avarice n'amafferoit plus; & en retranchant ce petit nombre d'hommes mous & efféminés, qu'un luxe honteux rend les feuls dépofitaires des biens, les autres membres de la fociété feroient heureux.

RICHELIEU. L'Auteur vous dira que le cultivateur ne travailleroit plus, n'ayant rien qui pût aiguillonner fes defirs.

SOLON (1). Il y auroit mille moyens d'exciter l'émulation, les récompenfes honòrifiques, les louanges publiques, les peines mêmes & la févérité des loix à cet égard, &c.

RICHELIEU. Mais il y auroit des hommes inutiles.

SOLON. Hé! à quoi fervent la plûpart de ceux que le luxe a tiré de la charrue? Dites que tout rentreroit dans l'ordre. Parvenus à un âge avancé, les hommes jouiroient d'un doux repos, tandis que les jeunes feroient fructifier les terres; & on ne verroit plus, ce qui eft la honte de l'humanité, des vieillards courbés fous le faix des années, arrofer de leurs fueurs des terres qu'ils cultivent depuis foixante moiffons, tandis que de jeunes hommes livrés à la molleffe, s'anéantiffent dans une honteufe inaction. Au refte,

---

(1) Légiflateur des Athéniens, un des fept fages de la Grece. Il vivoit environ 650 ans avant notre Ere.

[77]

ceux en qui on verroit des talens pour les
arts utiles, y feroient employés. Le bon ordre & la paix regneroient fur la terre. Quelle
idée de bonheur! Pourquoi n'eft-elle qu'une
chimere?

RICHELIEU. Vous avez raifon de dire,
que cet état eft une chimere; car je ne crois
pas qu'on pût le rétablir parmi les hommes
confidérés tels qu'ils font.

SOLON. Mais au moins la raifon exige-
t-elle que nous l'eftimions dans la théorie,
que nous le regrettions, que nous le mon-
trions aux hommes comme heureux, que
nous les engagions à fe rapprocher de cette
aimable fimplicité le plus qu'il leur eft poffible, & que par-là nous les engagions à méprifer les vaines fuperfluités & le luxe honteux, qui ont banni de deffus la terre la juftice & la félicité.

BOILEAU. Que doit-on donc penfer
d'un Auteur qui cherche à éblouir les hommes par des fophifmes, & à établir le luxe
comme l'état le plus heureux! Mais paffons
au quatrieme Chapitre (1).

---

(1) Chapitre IV. Le bonheur porte fur des bafes
pofitives, & ne dépend point de l'opinion. Il confifte
dans l'étendue des jouiffances. Le bonheur d'une nation n'exifte que par le bonheur des individus qui la
compofent. Plus les individus acquierent de moyens
de jouir, plus ils font à portée d'être heureux, & plus
l'Etat dont ils font partie acquiert de richeffes, de
moyens de toutes fortes, en un mot, de puiffance.

DESCARTES. Le bonheur fans doute porte fur des bafes pofitives, & ne dépend point de l'opinion ; mais il eft certainement faux qu'*il confifte dans l'étendue des jouiffan-ces.*

CATON. Mais n'eft-il pas étonnant de voir un Auteur oublier tous les principes de la Morale, pour établir le luxe, fon vice favori, c'eft-à-dire, le plus honteux de tous les excès. Le bonheur *ne dépend point de l'i-magination, de l'opinion,* & jamais ni *Zenon,* ni, je penfe, aucun *Stoïcien,* n'a avancé ce ridicule paradoxe. S'ils ont parlé d'*impaffibi-lité* par rapport au fage, ce n'étoit que pour faire l'éloge de fa patience. Mais voici en quoi confifte le bonheur. Il porte fur trois bafes, fur l'exemption de defirs, fur la patience, fur la bonne confcience. Voilà les tréfors nécef-faires à l'homme pour être heureux. En les poffédant, il jouit d'une parfaite félicité : s'il en eft privé, il ne peut jouir d'un bonheur conftant & réel. Je dis d'abord l'exemption de defirs ; car les defirs engendrent les be-foins, les befoins forment l'indigence, l'in-

---

Par une conféquence néceffaire la maxime la plus facrée d'un Gouvernement doit être de favorifer tout ce qui tend à multiplier les jouiffances de fes Sujets, non-feulement parce que leur bonheur en dépend, & que le gouvernement doit tendre à leur plus grand bonheur, mais encore parce que tout ce qui aug-mente le bonheur des Sujets augmente la puiffance de l'Etat.

digence rend malheureux ; la patience, néceffaire pour fupporter, fans fe troubler, les
différens accidens de cette vie, qui en inter-
rompent la félicité, & rendent l'homme
malheureux, lorfqu'il ne les confidere pas
d'un œil philofophique & éclairé ; enfin, la
bonne confcience qui eft le fruit de la vertu,
qui rend l'homme content de lui-même, qui
lui procure la paix précieufe, & eft la bafe la
plus folide de fon bonheur. Voilà ce que ces
fages penfoient fans doute du bonheur. Ils
prétendoient, ce qui eft inconteftable, que
les richeffes, & fur-tout le luxe qui eft un
ufage dépravé des richeffes, que ce qu'il plaît
à l'Auteur d'appeller *l'étendue des jouiffances*, étoit directement oppofé à ces trois
fources de bonheur. A l'exemption de defirs, en aiguillonnant le cœur, & excitant
dans l'homme la fureur d'acquérir, de poffé-
der, d'accumuler, en produifant la foif infatiable d'avoir, la crainte de perdre, l'amour
de la propriété, en le flattant de mille imaginations bizarres, & en le rempliffant de caprices & d'amour pour les frivolités, à la patience, en le rendant mou, efféminé, & conféquemment plus fenfible ; à la bonne confcience, en excitant en lui mille paffions, auxquelles il lui eft prefqu'impoffible de réfifter,
en l'engageant à fe fouiller par les excès & les
crimes, à oublier les regles de la tempérance, de la modération : & quoi de plus
contraire à la paix du cœur ? Ou la vertu eft

une chimere, ou l'étendue des jouiffances eft une fource de maux. Si elle ne peut que rendre *les individus malheureux*, & que *le bonheur d'une nation n'exifte que par le bonheur des individus*, il s'enfuit néceffairement que l'étendue des jouiffances ne peut pas rendre un état heureux.

COLBERT. Il faut avouer cependant, qu'un homme qui jouiroit des richeffes, en confervant les biens précieux dont vous venez de faire l'éloge, auroit quelqu'avantage de plus que l'indigent vertueux & Philofophe ; car ne doit-on compter pour rien la douce confolation d'être utile aux autres.

CATON. Cet homme auroit fans doute quelqu'avantage de plus que l'indigent vertueux ; mais un tel homme ne feroit pas un amateur du luxe, un tel homme ne feroit plus heureux par l'étendue des jouiffances, ainfi que l'entend notre Auteur. Le bonheur n'eft pas abfolument incompatible avec les richeffes, parce que ces dernieres peuvent, quoique difficilement, admettre la vertu ; mais la vertu ne peut fubfifter avec le luxe. Oui, je foutiens que tout homme qui fe livre au luxe, dès-là n'eft plus exempt de defirs, & eft malheureux ; dès-là n'eft plus ni fi tempérant, ni fi jufte, ni fi généreux, ni fi humain, & en conféquence, ne jouit plus de la bonne confcience, & n'eft plus heureux. Il faudroit être bien prévenu

en

en faveur du luxe, pour oſer attaquer une morale ſi utile, & ſi capable de rendre les hommes vertueux. Comment, après cela, peut-on dire que *les avantages ne rendent pas heureux par eux-mêmes*, & faire conſiſter le bonheur *dans les ſenſations agréables, dans les commodités, dans les jouiſſances :* comment avancer que *l'homme ne peut obtenir le bonheur qu'en recherchant tous les moyens d'exercer agréablement les facultés dont il eſt doué, & qu'en écartant tout ce qui peut affecter déſagréablement ſa ſenſibilité ?* N'eſt-ce pas ouvrir la porte à tous les vices ? N'eſt-ce pas exclure la pitié, cette paſſion ſi tendre & ſi utile à la ſociété ? Riches voluptueux, viles brutes, dégradés par les plaiſirs & l'inſenſi-bilité, applaudiſſez ; voilà votre panégyri-que.

DESCARTES. Bon. Cette apoſtrophe eſt bien d'un Stoïcien. J'aime cette fureur dans Caton. Mais de quoi vous plaignez-vous ? L'Auteur ne fait-il pas des excuſes à la morale ? *Son intention,* dit-il, *n'eſt pas de renfermer le bonheur de l'homme dans l'Epicu-riſme purement ſenſuel.*

BOILEAU. Je trouve cet adverbe *pure-ment* admirable. Il allie parfaitement bien la morale avec le ſyſtême de l'Auteur.

DESCARTES. N'ajoute-t-il pas que *cet Epicuriſme purement ſenſuel eſt incapable de ſatisfaire un homme bien né ?*

BOILEAU. Un homme bien né me pa-

roît encore d'un goût délicat; il auroit craint
de dire raisonnable.

DESCARTES. Ne fait-il pas consister *la
saine Philosophie à fermer son ame, s'il est possible aux desirs qu'on ne peut espérer de remplir.*

BOILEAU. Ha! laissez-nous le tems
d'admirer. *S'il est possible* me paroît d'une in-
dulgence particuliere. Il ne gêne personne,
cet excellent Moraliste; on suivra *la saine
Philosophie s'il est possible*; on n'en sera pas
moins estimable, si on ne la suit pas.

FÉNELON. Mais que dites-vous des desirs qu'on ne peut espérer de remplir! Il me
semble que c'est donner une vaste carriere
aux passions, puisque c'est supposer qu'on
doit ne pas fermer son cœur aux desirs qu'on
peut espérer de remplir.

DESCARTES. Enfin l'Auteur ne finit-il
pas ses excuses, en assurant que *la saine Philosophie consiste à ouvrir son cœur tout entier
aux jouissances innocentes & sans suites fâ-
cheuses, qu'on est à portée de se donner, à
moins qu'on ne s'en prive par un calcul dont
un cœur honnête sentira toujours l'avantage?*
Toute cette espece de morale ne vous pa-
roît-elle pas bien solide & bien raisonnée,
& ne doit-elle pas appaiser votre fureur Stoï-
que?

BOILEAU. Les expressions sont choi-
sies, *calcul, cœur honnête.* Je regrette seulement que de si beaux termes ne renferment
qu'un pompeux galimathias.

Сато n. Le pis est sans doute que toute cette morale ne remédie en rien aux assertions avancées dans cet ouvrage, & qu'elle n'empêchera pas celui qui agira en conséquence de ces principes, de se procurer des jouissances au dépens de la bonne conscience & de la vertu.

Mazarin. Il applique ensuite ses principes à un état ; mais parmi les avantages qui résultent des jouissances, il a oublié la corruption des mœurs, la mollesse & la décadence des empires qui en est une suite nécessaire.

Descartes. Mais admirez que cet Auteur confond la guerre, les arts & le commerce avec le luxe. Malgré ses sophismes, je puis l'assurer, qu'on pourroit retrancher ce dernier, sans que les autres en souffrissent, & qu'au contraire on préviendroit par-là la décadence de ces arts utiles & la ruine des empires. En veut-il un exemple ? Dans quel tems Rome a-t-elle été livrée à un plus grand luxe, que sous les regnes de Néron, d'Héliogabales, & des Empereurs qui ont suivi les traces de ces monstres ? Dans quel tems les citoyens ont-ils été plus malheureux, les arts utiles plus négligés, les peuples plus mal gouvernés ! Quelle brêche ces déplorables regnes n'ont-ils pas faites à la puissance de la République! Qu'il suive bien tous les empires, il fera la même remarque ; il verra qu'ils n'ont commencé à décheoir & à se détruire que par le luxe ; il verra que plus le luxe a été exceffif, plus les peuples ont été malheureux. La raifon m'en paroît claire. Il n'y a jamais qu'un petit nombre de riches qui jouiffent du luxe, tandis que le peuple réduit à la derniere pauvreté, manque même du néceffaire : & on pourroit montrer que cette indigence du peuple eft une fuite du luxe des grands ; d'où je conclus que rien ne feroit plus fage que des loix qui le préviendroient, ou en arrêteroient les progrès.

R O U S S E A U. Que dites-vous cependant d'*eucrafe ou moyen être* que l'Auteur veut introduire dans la langue pour fignifier Etat mitoyen entre le bonheur & le malheur ?

R A C I N E. Pour moi je le trouve affez inutile ; car on peut appeller malheureux celui qui approche plus du malheur que du bonheur, & heureux, celui qui a plus à fe louer de fon état qu'à s'en plaindre. Ainfi je crois qu'il ne feroit pas d'un grand ufage, & c'eft certainement ce qui fait qu'aucune langue n'a de mots propres pour l'exprimer.

M O L I E R E. Mais ne voyez-vous pas que c'eft une chofe réfolue, que l'Auteur veut parvenir au glorieux *titre de génie créateur,* en donnant quelqu'*invention divine qui répande de l'agrément dans la fociété, & fonde la puiffance des peuples.*

R A C I N E. Au moins ce mot enrichiroit-il la langue ; mais je doute qu'il foit adopté : la poftérité en jugera.

BOILEAU. Paſſons au cinquieme Chapitre, (1) l'Auteur veut y prouver que tout ce qui eſt au-delà des productions ſpontanées de la terre eſt du luxe. Je trouve ce ſentiment bien inſoutenable ; l'Auteur l'a ſenti ſans doute , & il n'entreprend de le prouver que pour faire diſparoître l'idée d'excès que l'on attache au luxe.

BOSSUET. Pour moi je ne lui répondrois qu'un mot. Si vous n'avez entrepris que de juſtifier l'utile , & que vous l'ayez appellé luxe , tout le monde eſt de votre avis ; vous avez ſeulement eu tort dans la forme. Si vous avez voulu juſtifier le ſuperflu exceſſif qui corrompt , qui multiplie les beſoins , le ſuperflu enfin que les Philoſophes & les gens ſenſés ont appellé luxe , c'eſt un ſyſtéme monſtrueux.

CATON. Cette réflexion eſt juſte ; peu importe que dans la rigueur des termes , tout ce qui eſt au-delà des productions ſpontanées de la terre ſoit du luxe. Nous blâmons tout ce que blâme la nature , la vertu , la

____

(1) Chapitre V. L'homme & les ſociétés politiques doivent leur bonheur & leur puiſſance aux arts. Les productions des arts & par conſéquent toutes les choſes dont l'homme fait uſage au-delà des préſens ſpontanés de la terre ſont du luxe. L'utile , le commode , l'agréable ſont des variétés abſolument du même genre. Le pain & les inventions relatives à la guerre ſont du luxe. Développement de cette propoſition , elle n'effarouche que parce qu'on a des préjugés contraires. Définition du mot luxe.

tempérance, la simplicité, la raison, & nous approuvons tout ce qu'elles ne rejettent pas.

BOILEAU. D'où il s'ensuit que tout ce Chapitre n'est qu'une belle dispute de mots. Vous en direz autant, sans doute, du sixième (1).

FENELON. Tout cela ne prouve rien en faveur du luxe, tel que le commun des hommes l'entend, & les recherches étimologiques de l'Auteur quoique bien traitées, ne font rien à son sujet.

DESCARTES. Peut-on néanmoins se croire assez parfait pour comparer les autres hommes à *des enfans* qui balbutient, & dont par condescendance il interprete le *langage imparfait* & *devine les petites conceptions*? Je dis les autres hommes, car tous les hommes se servent du mot luxe dans un sens différent de celui qu'il lui prête. Mais ne nous arrêtons pas à des disputes de mots. Voici un raisonnement qui me paroît bien peu juste ; *les choses utiles & les agréables*,

---

(1) Chapitre VI. Le sens primitif du mot *luxus* confirme la définition qui a été donnée du mot luxe au Chapitre précédent. Le mot luxe a parmi nous fondamentalement comme chez les Romains la signification pure & simple de jouissances superflues. Les Dictionnaires François qui ont défini le mot *luxe* ne sont pas opposés à cette assertion, les productions des arts ne donnant que des jouissances superflues, ces productions font des choses de luxe. Le luxe est donc utile, en effet les peuples qui en ont le plus font les plus puissans.

dit l'Auteur, *font d'un même genre ; or les* chofes d'un même genre ne peuvent produire des effets contraires, donc que les chofes utiles & les agréables contribuent également au bonheur des homme. Ce raifonnement n'eft qu'un pur fophifme. Ne fait-il pas que tout excès eft blâmable ? L'excès n'eft certainement pas d'un genre différent de la chofe dont il eft excès ; nous voyons cependant que l'excès dans les meilleures chofes eft pernicieux. Les chofes d'un même genre peuvent donc produire des effets contraires, & c'eft ainfi qu'il faut raifonner fur le luxe.

BOILEAU. Il eft toujours certain qu'en ne s'appuyant que fur l'autorité d'une étimologie, on ne peut que faire un fophifme. Mais voyons le feptieme Chapitre (1).

CATON. Qu'entend l'Auteur par les détracteurs du luxe ? Sont-ce les Philofophes, les fages, les hommes raifonnables ?

DESCARTES. Ces *détracteurs du luxe*, dit-il, *n'appellent point luxe ce qui eft d'un ufage ancien* ; mais c'eft faux. On blâme

----

(1) Chapitre VII. Les détracteurs du luxe ne s'entendent point eux-mêmes. Ils appliquent arbitrairement le mot *luxe*, qualifiant de luxe les chofes du même genre que celles qu'ils ne qualifient pas ainfi. Examen de leur fentiment. Vaines objections contre le luxe. Les adverfaires ne l'attaquent point dans fa véritable univerfalité. L'opulence & la puiffance d'une nation procedent de fes dépenfes.

tous les ornemens frivoles, tout ce qui ne sert qu'à corrompre & efféminer soit ancien, soit moderne : on loue au contraire la perfection des Arts, la commodité des bâtimens, le bon goût qui a exclu le luxe gothique de l'ancienne architecture ; la prudence attentive qui a *élargi & pavé les rues* autrefois *étroites & fangeuses* ; peut-on confondre des objets si différens ?

BOILEAU. Il s'attache toujours comme à un fondement solide, à la rigoureuse étimologie du mot luxe. Je crois pour moi qu'il est *identifié avec cette opinion.*

DESCARTES. Laissez - le soutenir ce sentiment. Tout ce qu'on peut lui répondre c'est que selon ses principes, il y a un luxe utile & un pernicieux ; & qu'il auroit bien fait de louer le premier, & de blâmer le second.

CATON. On accordera aisément à l'Auteur que *les superfluités du paysan de Norhollande qui occupe une maison bien bâtie, garnie de meubles, qui a des armoires remplies de linge & de hardes, qui a de l'argenterie & une batterie de cuivre, qui se nourrit de viandes & de bierre, & celles de l'homme très-riche, ont pour but le bien-être.* Mais le superflu du premier n'excite point en lui de passions, ne le corrompt point, ne l'empêche point d'être tempérant, vertueux, & le superflu du second le rend un monstre en morale.

DESCARTES. Ajoutez que le premier

est auffi plus heureux que le fecond. A quoi fervent donc à celui-ci fes immenfes richeffes?

BOILEAU. Connoiffez-vous cette ex-preffion, *rendre les hommes venaux*, c'eft-à-dire les difpofer à la fervitude ? Elle me paroît extraordinairement finguliere.

CATON. Mais on n'a jamais dit que le luxe *difpofoit les hommes à la fervitude*, parce qu'il les rend plus faciles à être achetés, mais parce qu'il les énerve, les effémine, leur fait perdre le vrai courage, leur ôte tout amour de la liberté, les rend infenfibles à la gloire, leur infpire le goût de l'inaction, de la pareffe & la haine du travail, parce qu'il abrutit leur efprit & les empêche de voir clair dans leurs véritables intérêts. C'eft ainfi que le luxe les difpofe à la fervitude.

RICHELIEU. Ces principes font cer-tains ; & c'étoit à ces difficultés qu'il falloit répondre: mais l'Auteur aime à éluder les objections. Par exemple, il ne me paroît pas répondre à celle que l'on peut faire fur le danger de l'exemple par rapport au luxe. Ce n'eft pas feulement quand la *loi fléchit fous le puiffant, & n'eft forte que contre le foible*, que le luxe eft pernicieux pour l'exemple, c'eft encore quand on attache une idée de bon-heur à l'éclat & au fafte ; car chacun veut être heureux & honoré; chacun s'épuife pour parvenir à ce but, & la plupart plongent leurs malheureufes familles dans une indi-gence dont elles ne fe tireront jamais. Voilà le danger ; voilà les pernicieux effets que le luxe produit.

D E S C A R T E S. Qu'il me soit aussi permis de me servir contre l'Auteur d'un raisonnement qu'il croit très-favorable à son système. *Ou ceux qui se permettent les jouissances du luxe ne consomment que leur revenu, ou ils vont au-delà : s'ils consomment leur revenu en dépenses folles & inutiles ; ces dépenses, dit l'Auteur, en remplacent d'autres qui consommeroient également leur revenu ; & moi je dis, ces dépenses en remplacent d'autres* plus utiles. Tel est le soulagement des malheureux qui est le devoir le plus essentiel d'un riche, & la vertu la plus utile à un Etat, & je pense le principal motif qui a engagé les hommes à former des sociétés & à se réunir.

C A T O N. Il faudroit en effet avoir une ame de bronze pour louer l'omission de ce premier devoir de l'humanité & l'emploi futile des richesses qui pourroient être si utiles à la société.

D E S C A R T E S. *Si ces amateurs du luxe ne se renferment point dans leur revenu, il faut qu'il y suppléent en créant par leur industrie des valeurs égales à leur dépense.* Je ne sais ce qu'entend l'Auteur par cette création de valeur, ni de quelle utilité elle peut être à un Etat, mais . . . . .

B O I L E A U. Pardonnez-moi ; ce secret est très-curieux, & l'Auteur auroit bien fait de nous apprendre ce moyen de *créer des*

[91]

valeurs ; il y a peu d'invention qui puiffent être auffi utile à la fociété , & pour le coup on l'eût mis au nombre des *génies créateurs.*

D E S C A R T E S. Pour moi je lui dirai ce que font ces hommes perdus pour fatisfaire à leur luxe ; ils empruntent & ne rendent point , ils font gémir d'infortunés créanciers dont leur mauvaife foi caufe l'entiere ruine , & dont les familles infortunées fe réuniffent à celle de l'amateur du luxe pour furcharger l'Etat par leur indigence , (1) enfin ils ne craignent pas d'aller & contre les loix économiques & contre la probité pour *créer des valeurs.* L'expérience eft trop pour moi, pour qu'on puiffe me démentir, Quelle eft la véritable caufe de tant de fourberies honteufes ; de banqueroutes volontaires, de ruines fubites , fi ce n'eft l'amour du luxe , & le defir *de créer des valeurs* pour le fatisfaire ? Ainfi qu'il voie l'avantage qui revient à l'Etat de ces jouiffances dont il eft le panégyrifte.

B O I L A U. Voyons le huitieme Chapitre (2). Il me femble ne renfermer aucune nouvelle preuve en faveur du luxe.

____

(1) Ne concluez pas delà , mon cher Lecteur , que je regarde les pauvres comme à charge à l'Etat , ils me paroiffent au contraire très-néceffaires ; la briéveté d'une note ne me permet pas d'en dire davantage. Je pourrai m'expliquer peut être dans la fuite fur cet important article.

(2) Chapitre VIII. Difcuffion du fentiment de quelques Economiftes modernes , un Gouvernement doit

CATON. Ce que l'Auteur dit du luxe dans le Gouvernement, est très-juste. Heureux s'il eut appliqué les mêmes principes aux particuliers !

DESCARTES. La fin de ce Chapitre ne me paroît qu'un beau songe, & ce qu'il dit des Etats luxueux doit s'appliquer aux Etats vertueux, sobres & sagement gouvernés.

BOILEAU. Quoiqu'il en soit, le style de cet ouvrage me paroit bon, si vous en exceptez l'affectation de quelques termes pompeux.

RACINE. Le raisonnement se joint au style, & on peut dire que cet ouvrage est spécieux.

BOILEAU. Je crois que ce qu'on peut reprocher à cet ouvrage, c'est de tendre à accréditer une erreur, & à justifier un vice. Mais voulez-vous passer à la seconde partie ?

RACINE. Ha, au nom des Dieux, cessons un examen si ennuyeux, & passons à quelque chose de plus intéressant. Voici une Tragédie ; je crois qu'elle nous amusera davantage.

DESCARTES. Vous avez raison ; car la seconde partie ne renferme à ce qu'il me

---

diminuer ses dépenses pour que ses Sujets ayent du luxe. Cette maxime est préférable à l'esprit des Loix somptuaires. Heureux effets du luxe (a).

(a) L'exposition de ces heureux effets du luxe ne renferme aucune preuve, à ce qu'il me semble. Descartes en parle quand il dit : *la fin de ce Chapitre, &c.*

femble, que la réfutation de quelques objections contre le luxe. L'Auteur s'appuie fur les mêmes principes qu'il a avancés, & fur-tout fur l'étimologie du mot luxe, ce qui eft d'une folidité admirable.

CATON. Je crois qu'il répond bien foiblement aux objections de la morale.

DESCARTES. Ne les a-t-il pas déjà prévenu, & n'avez-vous pas trouvé fes réponfes péremptoires.

RACINE. Penfons à notre Tragédie, je vous prie.

BOILEAU. Je vais vous en faire la lecture; mais elle me femble volumineufe.

RACINE. Je l'ai parcouru, elle eft accompagnée d'une Préface & d'excellentes notes hiftoriques; mais commencez; nous vous écouterons avec plaifir.

LA TRAGÉDIE.

BOILEAU. Cette Tragédie eft intitulé; *Gafton & Bayard* (1). Elle eft, comme vous l'avez remarqué, fuivie de notes, & ces notes font accompagnées d'affez jolis vers adreffés à l'Auteur. Mais voyons la piéce.

-----

(1) Gafton & Bayard. Tragédie par M. de Belloy, Citoyen de Calais, répréfentée pour la premiere fois par les Comédiens François ordinaires du Roi le 24 Avril 1771, fuivie de notes hiftoriques, nouvelle édition. A Paris, chez la veuve Duchefne, rue Saint-Jacques.

ROUSSEAU. Cette premiere scene qui n'est composée que d'un discours d'Avogare, & d'un autre de Bayard, quoiqu'elle ne soit pas parfaite, me semble passable.

RACINE. Vous avez raison de dire que cette scene n'est point parfaite; car on vous objecteroit ces deux vers.

> Bayard a-t-il jamais compté ses ennemis,
> Bayard a-t-il jamais négligé ses amis ?

L'antithese s'y fait sentir mal-à-propos, & y est affectée ; le dernier n'est pas juste. Bayard en abandonnant Bresse, n'eût pas seulement *negligé ses amis* ; mais encore son devoir, l'intérêt de l'Etat, &c.

BOILEAU. Bayard ne le cede point en foiblesse de style à Avogare, quand il dit:

> Tous les objets de mon culte suprême

Quelle épithete que *suprême*, pour dire le culte que je révere le plus !

> Dieu, la France, l'honneur, l'amitié, l'amour même.

Peut-on finir un vers par *même*, conjonction?

ROUSSEAU. Mais que dites-vous de ces deux vers où Bayard expose à Avogare le danger des François.

> Si Gaston dans cinq jours ne vient nous secourir,
> Au même lit d'honneur nous pouvons tous mourir.

Ce *tous* ne gâte-t-il pas entierement ce vers? Et ces deux autres que l'Auteur lui met dans la bouche pour annoncer l'arrivée d'Urbin.

> Un des chefs assiégeans que sa vertu renomme

Peut-on dire que la vertu renomme quelqu'un , & fur-tout en vers?

Urbin neveu chéri du Pontife de Rome ,

Quelle cheville que cette épithete *chéri* ? On
ne peut , fans une petite irrégularité , dire *le
Pontife de Rome* , pour défigner le Pape. On
dira bien Pontife Romain. C'eft une bizarrerie de notre langue.

BOILEAU. Vous ne pouvez cependant
difconvenir qu'il n'y ait dans cette fcene des
penfées très-noble. Telle eft celle-ci:

Méprifer notre vie eft l'art de la fauver.

Voici un vers dont la penfée me paroît très-
grande.

Il vient m'offrir la honte & doute d'un refus.

ROUSSEAU. Cette expreffion *offrir la
honte* me paroît trop générale.

BOILEAU. Mais que dites-vous de ce
beau tour de phrafe :

De la molleffe altiere abbatez les lambris
Et changez en remparts fes utiles débris.

Ces deux vers-ci l'emportent cependant encore.

Tout Guerrier qui retient de puiffans ennemis
Mourant un jour plus tard peut fauver fon pays.

La penfée eft héroïque, & l'expreffion noble.
Vous l'avez dit , cette fcene eft paffable.
Voyons la feconde : elle eft une fuite de la pre-
miere, puifqu'elle fe paffe encore entre Bayard
& Avogare , la fuite du premier retirée.

ROUSSEAU. Cette fcene me paroît très-foible. Je ne puis fouffrir que Bayard faffe connoître dans cet endroit fon amour pour Euphémie, & mêle cette tendre paffion à tant d'autres objets intéreffans qui doivent l'occuper.

RACINE. La maniere dont il l'exprime, eft encore plus blâmable que l'amour même. Il dit :

> Mourir pour ce qu'on aime en fervant fa Patrie
> C'eft la plus digne fin de la plus digne vie.

Que ce dernier vers eft mal exprimé, & peu poëtique !

BOILEAU. Difons-le ; cette fcene eft non-feulement foible, mais inutile. Il n'y a rien à dire de la troifieme. Dalegre annonce l'arrivée d'Urbin. La quatrieme doit être intéreffante.

ROUSSEAU. Le difcours d'Urbin, qui annonce à Bayard le fujet de fa vifite, eft tout-à-fait languiffant. Il vient, dit-il, *apporter.*

> Des honneurs affez grands pour être inattendus.

Quel tour de phrafe ! Les quatre vers qui fuivent ; *le Pontife Romain, l'augufte République*, &c. font tout-à-fait inutiles : il auroit fuffit de ce feul vers :

> Jules, Maximilien, Ferdinand & Venife

Enfin il finit par un vers coupé & tout-à-fait extraordinaire.

> Et--pour leur chef fuprême on voudroit vous choifir.

Quelle épithete que ce *fuprême !*

RACINE. Bayard devroit fans doute être fublime, en repouffant les raifons que

lui

lui fuggerent l'intérêt & la trahifon dans une
pareille circonftance. On ne peut attendre
rien que de grand d'un tel guerrier. Cependant il eft bien éloigné du fublime. Il s'amufe
à parler de chacun des Souverains qui veulent
le corrompre. Jules va contre fon devoir,
Maximilien eft avare, Ferdinand eft un traître, Venife eft eftimable.

> Mais l'Europe verra le Monarque François
> Trahi par fes égaux & non par fes Sujets.

Cette raifon ne répond point aux autres ; cependant la penfée eft noble. Il entreprend
enfuite l'éloge de fon Prince ; mais tout ce
qu'il dit eft foible, & il finit par ces deux
vers :

> Vous qui fous d'autres Rois voulez me voir fervir
> Vous choifiriez le mien fi vous pouviez choifir.

Quoique cette penfée foit foiblement expri-
mée, elle eft cependant noble. Au refte,
tout ce morceau ne répond ni à l'attente du
fpectateur, ni au caractere du héros.

CORNEILLE [1]. Mais que dites-vous
de la réponfe que Bayard fait à Urbin, qui

)1) Corneille le Grand ainfi furnommé à caufe de
la fublimité, de la force, de la grandeur de fes penfées. On regrette cependant plufieurs défauts dans
fes Tragédies. Je crois qu'on peut les pardonner à
fa véhémence & à fa grande fublimité. Boileau ne
lui a pas rendu toute la juftice qu'il méritoit. Il l'a
furtout accufé de peu de goût. Il naquit à Rouen en
1606, & mourut en 1684.

G

lui objecte le peu de fruit qu'il retire de ſes ſervices ! Elle me paroît héroïque.

BOILEAU. Oui ; mais elle eſt trop éten-due. Je trouve ſur - tout ce vers que dit Bayard, en parlant de Nemours, bien mal rendu.

Avec ces deux vertus un Guerrier n'a point d'âge.

CORNEILLE. J'avois renfermé la même penſée dans ces deux vers ſi connus :

.... Dans les ames bien nées
La vertu n'attend pas le nombre des années.

BOILEAU. Le tour eſt bien différent. Au reſte, ces deux vers qu'Urbin dit en ſe levant, me paroiſſent très-bien exprimés.

Bayard peut commander & Bayard veut ſervir,
Tout le fruit de mon zele eſt donc un repentir.

RACINE. Joignez - les donc à ces deux-ci que répond Urbin à Bayard qui s'en eſt remis à ſa déciſion.

J'allois, ſi par mes ſoins il t'avoit corrompu,
Applaudir ſon bonheur & pleurer ta vertu.

Ces deux vers ſont d'une grande beauté.

BOILEAU. En récompenſe, la réponſe de Bayard eſt bien foible.

Va, le frere chéri que m'ont donné les armes
Ne verſera ſur moi que d'honorables larmes.

Quelle expreſſion que ce *va* ! L'épithete *honorables* ne fait pas un ſens clair ; on ne ſait ſi elle ſe rapporte à Bayard ou à Urbin.

ROUSSEAU. Le reſte de cette ſcene

languit & est inutile. Après ce bel aveu qu'Urbin vient de faire, il est de mauvaise grace de proposer à Bayard de se rendre, & de lui représenter les obstacles qui s'opposent à l'arrivée de Nemours. *D'épais & longs frimats la terre détrempée, tant de marais profonds, de fleuves débordés*, tout ce qu'il dit sur ce sujet est d'un style très-foible, & est suivi d'une description d'armée qui ne me paroît pas meilleure : je l'ai déja dit ; tout cela fait languir l'action, & est inutile.

RACINE. Mais que pensez vous de l'action de Bayard qui fait entrer des soldats, & dit ?

Voici d'autres remparts . . . . .

Il me semble que ce n'est qu'un jeu de Théâtre, propre à amuser le spectateur. Le tems d'appeller des soldats refroidit la passion. N'auroit-il pas mieux fait de dire avec mon *Joad ?*

Et comptez-vous pour rien Dieu qui combat pour nous.

BOILEAU. Quoique la position des Héros soit intéressante, il faut donc avouer que cette scene est foible & languissante. L'aveu d'Urbin est cependant d'une grande beauté. Dans la cinquieme on annonce l'arrivée de Nemours.

RACINE. La surprise de Bayard & d'Urbin est fondée ; mais voici de bien mauvais vers :

Aurions-nous projetté ce qu'il fait aujourd'hui
Hé bien doit-on rougir de commander sous lui !

Croiroit-on que c'est le même personnage qui dit ces deux vers ? Je trouve cette interruption, cette suspension insupportable.

BOILEAU. Qu'Altémore est imprudent de confier son dessein dans la sixieme scene à Urbin dont il connoît la vertu! Ce Guerrier lui répond d'une maniere très-noble. L'Auteur triomphe sur-tout dans ce genre héroïque. Mais quoiqu'il fût nécessaire d'instruire l'auditeur du complot des traîtres, je pense que l'Auteur ne devroit pas faire faire cette confidence à Urbin.

RACINE. Pour moi, J'admire ce dernier vers que dit Urbin.

Je succombe sans honte ou triomphe avec gloire.

BOILEAU. L'antithese y est peut-être un peu trop marquée. Mais passons à la derniere scene.

RACINE. Elle est foible. L'Auteur a été gêné par la nécessité où il étoit d'achever d'instruire l'auditeur, en lui apprenant l'amour de Gaston pour Euphémie, le tendre retour de cette derniere, le dessein que forment les deux traîtres de jetter la division entre Nemours & Bayard. Mais je trouve qu'ils parlent peu de la mine. Altémore n'en dit qu'un mot, & si peu clairement qu'il échappe à l'auditeur.

BOILEAU. Ne trouvez-vous pas cependant singulier que l'Auteur marque les mouvemens qui doivent accompagner ses vers? *Altémore dit vivement, Altémore très-vivement.* Vos vers, je crois, se passoient aisément de ces notes. Mais que vous semble de cet acte?

ROUSSEAU. La proposition qu'Urbin vient faire à Bayard de trahir son maître, me semble un incident qui ne tient point au fond de la piece, qui n'y entre pour rien, & dont l'Auteur ne s'est servi que pour faire briller le mérite de Bayard. Ces sortes d'incidens qui n'ont aucun rapport au sujet, sont sans doute blâmables.

RACINE. Le sujet ne s'explique ni assez tôt, ni assez clairement. C'est, je crois, le plus grand défaut de cet acte. Boileau l'a dit :

Le sujet n'est jamais assez tôt expliqué.

CORNEILLE. Mais il faut prendre garde que le sujet de cette piece étoit fort impliqué, & conséquemment très-difficile à expliquer.

BOILEAU. Mais cette implication par rapport au sujet, est un défaut qui n'excuse point celui qu'on a remarqué. Au reste il y faut joindre une grande foiblesse de style, & l'arrivée de Nemours qui me paroît trop précipitée.

CORNEILLE. Elle n'est cependant pas directement contraire à la vraisemblance, quoiqu'elle soit opposée aux conjectures de Bayard & l'attente du spectateur.

G iij

BOILEAU. Quoiqu'il en soit, continuons notre lecture. Cette premiere scene entre Avogare & sa fille me paroît remplie de défauts. Avogare devine que sa fille est instruite de ses complots, on ne sait comment il le devine, il entre en fureur & menace celui qui les lui a révélé, quoiqu'il ne les connoisse pas, puis tout à coup il s'appaise & dit:

> Mais Gaston s'est flatté de se voir ton époux;
> Il croit que tu réponds au feu qui le dévore.

Quelle expression que ce feu qui le dévore. Au reste cette réflexion n'a aucun rapport evec sa fureur; il y a dans tout cela quelque chose de louche & d'irrégulier, qu'on sent mieux qu'on ne peut l'exprimer.

ROUSSEAU. Mais ne trouvez-vous pas que ce qu'Euphémie dit des motifs & des progrès de son amour est trop long, ainsi que les réflexions qu'elle fait sur la jalousie que peut concevoir Bayard. Je trouve cet hémistiche bien singulier.

> . . . . Bayard ne cede point

Mais comment peut-il céder, puisqu'il ignore la passion de son rival ? On ne dira pas que c'est une figure où elle seroit bien mal placée.

RACINE. Après cette longue digression Euphémie revient aux complots de son pere, & se sert de singulieres expressions. Elle dit:

> Abjurez vos fureurs, ...

Quelle expreſſion d'une fille à ſon pere ! elle ajoute :

.... Avouons-les nous-mêmes.

Ce vers ne vous paroît-il pas bien fait ?

BOILEAU. Voici deux vers qui me ſemblent tout-à-fait extraordinaires. Avogare en juſtifiant ſa haine par la mort de ſa femme & de ſon fils dit de ce dernier :

Là mes bras ont preſſé les reſtes effroyables
De ſon corps déchiré par les lances coupables.

Quelle épithete que coupables ! il ajoute

Va, c'eſt pour me venger que j'ai ſouffert la vie :
Va, tu ſais que mon cœur.........

Quelle expreſſion baſſe que ce va ! cette répétition de *va* ne fait-elle pas un mauvais effet ?

ROUSSEAU. Euphémie eſt bien peu vraiſemblable, d'interrompre ſa paſſion par des réflexions mal placées ſur le malheur de ſon ſexe. Un *fils*, dit elle,

eſt aimé par l'orgueil plus que par la nature.

Les quatre vers qu'elle dit ſur cet objet ne pourroient avoir lieu que dans la bouche d'une perſonne tranquille. Elle revient enſuite à ſon pere, & tâche de le gagner. Mais par quelles penſées ! par quelles expreſſions !

Votre cœur iſolé n'a rien autour de ſoi :
Que le beſoin d'aimer le tourne enfin vers moi
La nature à vos pieds jette un cri ſi touchant.

La penſée des deux premiers vers eſt peu touchante. L'expreſſion eſt burleſque. Le tour, *la nature jette un cri si touchant*, eſt commun & ridicule. Certes l'Auteur n'eſt pas heureux dans le pathétique.

BOILEAU. Ne trouvez - vous pas encore cette Euphémie bien imprudente ? Elle ignore qu'Altémore eſt dans les complots de ſon pere, & elle veut dans la ſeconde ſcene les lui confier. N'auroit-elle pas mieux fait de s'en ouvrir à ſon amant ? Elle eût été excuſable : l'amour inſpire la confiance. Mais voyons la troiſieme ſcene.

CORNEILLE. En dépit de Boileau, je veux donner mon avis, & je vous dirai que les complimens que Bayard fait à Gaſton, me paroiſſent fort mal placés dans la bouche d'un héros.

ROUSSEAU. Vous avez raiſon, & le pis eſt qu'ils ſont exprimés d'une façon qui les rend tout-à-fait ridicules. Bayard dit :

> Moi, vos dix derniers jours valent ma vie entiere.

Cette façon de parler *moi*, rend cela d'un comique choquant.

RACINE. Ce que je trouve encore plus mal placé, c'eſt que Gaſton renchérit ſur ſon propre éloge, en montrant l'ordre qu'il a établi dans ſon armée.

> J'ai dû mon vol rapide à mes rigueurs utiles ;
> J'ai banni de mon camp le vain luxe des Villes.

BOILEAU. Mais que dites-vous de cette joie douce avec laquelle, ſelon la remarque de l'Auteur, Gaſton parle de ſon amour à Euphémie.

[105]

RACINE. Ces remarques me femblent ridicules ; le ftyle doit porter le caractere qui lui eft propre: *Plus vivement* ; il lui promet d'être fon époux, tout cela languit.

BOILEAU. Mais rien n'approche du mauvais goût d'un vers que Gafton répond à Bayard qui lui a découvert fon amour. Il lui dit d'un air puéril :

Qui vous--me l'enlever--c'eft m'arracher le cœur.

Ce vers me rappelle ces deux-ci.

.... Il faut bien que je pleure,
Mon infidele Amant ordonne que je meure.

& me paroît encore plus mauvais.

CORNEILLE. Et de grace point de digreffion, tâchez de décharger l'acreté de votre bile fur Gafton ou fur Bayard.

ROUSSEAU. Ce dernier eft fi languiffant dans le refte de cette fcene, qu'il pourroit en effet exciter quelque mauvaife humeur. Tout ce qu'il dit eft foible. Un héros qui offenfe, ne prie point, ne fe plaint point, mais porte la main fur la garde de fon épée. Cette action étoit celle d'un guerrier. La mort de Sotomaïre qu'il rapporte, & qu'il dit avoir tué pour Euphémie, ne me paroît qu'une gafconnade mal placée ; Gafton prend cela pour un défi, il a raifon. Encore un coup ce n'eft point ainfi qu'agit un guerrier, furtout dans le premier mouvement d'une paffion.

CORNEILLE. Gafton ne vous paroît-il

pas très - noble de donner des ordres à Bayard, & celui-ci de les exécuter?

RACINE. Oui, mais cela est contre la nature, & choque la vraisemblance.

BOILEAU. Le sort d'Euphémie est de gémir & de prier sans être écoutée; elle n'a pas plus de pouvoir pour détourner son amant du combat, qu'elle n'en a eu pour fléchir son pere. Au reste Gaston me paparoît bien peu généreux; il dit sans façon:

Qu'en vous cédant à moi Bayard me satisfasse
C'est l'unique moyen d'expier sa menace.

RACINE. La cinquieme scene me paroît excessivement foible. Euphémie veut découvrir à Gaston le complot de son pere qui est arrivé; que ne parloit-elle avant qu'il arrivât? Elle tient des discours sans suite. Gaston qui n'y comprend rien, non plus que l'Auditeur, promet toujours le pardon, & sans s'occuper ni de cette énigme, ni de sa querelle, dont il laisse tout le soin à Bayard, il s'étend au long sur la clémence de Louis, & sur la sienne propre. Tout cela est un peu bizarre.

ROUSSEAU. Mais que dites-vous de la sixieme scene, & des discours que tient Euphémie en voyant le billet que Bayard envoie à Gaston? Ne trouvez-vous pas que l'exposition de ce qu'elle doit dire à Bayard pour le détourner du combat, soit fort utile à Nemours, & bien placé dans un moment aussi violent.

VIRGILLE. Permettez-moi de mêler mes réflexions aux vôtres. La feptieme fcene de cet acte, me femble renfermer plufieurs défauts. A quel propos Altémore veut-il perfuader à Gafton que Bayard eft un traitre?

BOILEAU. Quel mal y trouvez-vous? Il en eft quitte pour un démenti : & n'infifte point; cela pouvoit même infpirer de juftes foupçons à Nemours , & préoccuper un inftant l'efprit de l'Auditeur.

VIRGILLE. Ceft au moins une inutilité. Les réflexions que fait Gafton me paroiffent auffi longues & languiffantes. Il y a cependant affez de grandeur dans la réfolution qu'il prend de faire des difpofitions teftamentaires en faveur de Bayard. Je doute pourtant que cela foit bien dans le caractere d'un jeune homme : mais quoiqu'il en foit que dites-vous de ce vers ?

Ciel-Euphémie--ha ! calmez fes douleurs.

Je ne fais comment appeller cette façon de parler, on y trouve la réticence, figure que je n'ai cru devoir employer que fept ou huit fois dans un Poëme Epique: mais les Auteurs de ce fiecle m'en paroiffent prodigues.

BOILEAU. Certainement ils en font prodigues , car ils l'emploient à tout propos, & de forte qu'elle ne forme plus qu'un véritable galimathias. En voici un nouvel exemple dans la derniere fcene. Avogare refté feul, dit ces deux vers fi extraordinaires:

Comme mes ennemis viennent fervir mes vœux ;
Mais..... O nouveau bonheur ils font perdus tous
    deux !

Il faut être aveugle pour ne pas voir le ridicule de ces deux vers. Je trouve encore que
le deffein que forme Avogare de faifir le
vainqueur & de l'immoler dans le fang du
vaincu, jette un nouvel intérêt dans cet
endroit, & diftrait mal à propos l'Auditeur.
Mais que penfez-vous de ce deuxieme acte ?

R A C I N E. Il pourroit paffer abfolument
pour le premier, & commencer la piece.
Le premier acte en effet n'a aucun rapport à
celui-ci, & ne femble en être que le prologue,
& conféquemment peut être regardé comme
inutile. Au refte l'intérêt d'amour qui occupe
dans cet acte, & qui vraifemblablement ne
fermera pas le nœud de la piece, n'eft qu'é-
pifodique & incidentel, & me paroît un
grand défaut. Il occupe l'Auditeur tout entier & lui fait oublier l'action principale qui
eft la conjuration d'Avogare & d'Altémore ;
quant au ftyle, il eft foible, & ne répond
point aux fujets. Nous avons je penfe remarqué les autres défauts.

B O I L E A U. Paffons au troifieme acte ;
il me femble que ce que dit Avogare, que
Pefcaire va s'emparer du pont au fignal con-
venu, eft un deffein nouveau, & fait une
diverfion défagréable. Pourquoi des objets
toujours variés qui détournent l'efprit du
Spectateur du fujet principal ?

[109]

RACINE. Voici un vers d'Avogare qui me paroit bien mal fait.

Vengez-nous de vous-même, ô conquérans avares!

ROUSSEAU. Il semble qu'Avogare veut excufer les incidens nombreux dont cette Piece eft furchargée, car il dit:

Il faut hâter, fufpendre ou changer nos mefures,
Unir ou féparer nos différens projets.

Cela eft vrai en foi-même; c'eft ainfi qu'agit la fine politique, mais de fi fréquens changemens ne peuvent entrer dans une Tragédie.

CORNEILLE. Pour moi je trouve les difcours que tient Bayard dans la feconde fcene, affez nobles.

BOILEAU. Vous êtes indulgent; mais approuvez-vous auffi ce ftyle coupé & ces vers qui n'ont aucune liaifon entr'eux.

C'eft donc ici le champ de ma gloire nouvelle.
Je ne cueillis jamais une palme fi belle.
J'aime à vous voir mon Juge.

Ne diriez-vous pas que ces vers font détachés les uns des autres.

CORNEILLE. Je n'aurai jamais raifon avec vous tant que je louerai; il faut bien que je prenne le parti de critiquer. Gafton qui furvient dans la troifieme fcene, me paroît tenir un difcours trop long pour la circonftance. Le dernier vers cependant eft plein de fentiment.

Embraffez un ami, combattez un Rival.

ROUSSEAU. Bayard avoue qu'il a fait

un outrage à Gaſton ; il veut , dit-il , s'en laver dans le champ de l'honneur , & il ajoute ce vers inſoutenable.

Pour accroître l'honneur que j'y trouvai toujours.

Toujours peut-il finir un vers.

RACINE. Je trouve l'exclamation que fait Gaſton à la vue des Chevaliers que fait entrer Bayard , bien ſinguliere. Eſt-ce ſurpriſe, eſt-ce frayeur ?

BOILEAU. Elle eſt en effet déplacée , le diſcours où Bayard expoſe ſon intention eſt trop long. Ce Chevalier me ſemble ne faire qu'un jeu de Théatre en poſant ſon épée aux pieds de Gaſton , & celui - ci en changeant d'arme avec lui. Tout cela eſt plus propre à charmer les yeux qu'à plaire à l'eſprit. Gaſton expoſe enſuite les diſpoſitions qu'il avoit fait en faveur de Bayard en cas qu'il fut vaincu. Le ſtyle de tout ce morceau languit ; enfin Gaſton finit en aſſurant qu'il ne peut céder Euphémie.

Non , ce triomphe horrible eſt au-deſſus de moi.

L'Auteur auroit peut-être craint d'aller contre la vraiſemblance en lui donnant autant de généroſité qu'à Bayard , cependant cette eſpece de combat eût été agréable. L'amour d'Euphémie , l'âge de Bayard eût terminé ce généreux différend : au reſte la jeuneſſe de Gaſton excuſe cette omiſſion de généroſité , & d'ailleurs un Auteur eſt maître des événemens.

RACINE. Oui , mais pouvoit-il fans craindre d'être blâmé , rendre la réponfe de Bayard auffi effroyablement longue ? Ce héros rappelle les motifs qui l'ont engagé à provoquer Gafton ; cela étoit inutile : la morale qu'il débite eft mal placé , & le compliment qu'il fait à Euphémie très-foible. Mais que dirai-je des vers que l'Auteur met dans la bouche d'Euphémie ?

Quel fentiment profond tant de grandeur infpire !
Quelle épithete que profond ! Elle ajoute.

Mais mon pere veut-il permettre mon bonheur?
Avogare lui dit :

Ton bonheur eft le mien.
Et tout bas, *tout eft change*. En général la pofition de cette fcene eft touchante , mais foiblement rendue.

ROUSSEAU. Comment trouvez vous cependant la furprife que caufe l'action de Bayard? n'eft-elle pas forcée, l'art n'y eft-il pas trop marqué ?

RACINE. L'action en elle-même eft agréable & capable de caufer de l'admiration aux Auditeurs ; mais elle auroit été bien mieux placée à la fin d'une piece qu'au milieu, & auroit fait un excellent dénouement. On ne peut craindre d'échauffer trop fon auditeur à la fin , mais en excitant en lui des mouvemens trop vifs dans le cours de la piece , il eft à craindre qu'on ne puiffe plus entretenir la même chaleur , & que le refte en languiffe.

BOILEAU Dans la quatrieme scéne, ce vers que Gaston dit aux François :

Vos deux chefs ont l'honneur d'être dignes de vous

Ce vers, dis-je, est mal exprimé. Ce terme *ont l'honneur* est trivial, & ne peut s'employer dans la Poéfie.

RACINE. Je trouve auffi que la feinte d'Avogare qui fait croire dans la cinquieme fcene à fa fille qu'il renonce à fes complots, préoccupe l'efprit de l'Auditeur, & fait un mauvais effet. Il falloit le prévenir, faute de cette précaution, ceci reffemble à un parfait dénouement.

ROUSSEAU. Mais fi Avogare a tort de la tromper, fans avertir l'Auditeur, je trouve fa fille bien crédule, de croire un fi prompt changement. Elle eft, je crois, condamnée à faire de mauvais vers, car elle dit dans la fixieme fcene :

Allons--mais le combat--je me fens confternée.

Quelle affectation ! Ce ftyle coupé ne renferme-t-il pas un pur galimathias ?

BOILEAU. Il n'y a que les Auteurs de ce fiecle qui puiffent ne s'en pas appercevoir. Quoiqu'il en foit, cet acte me femble former avec le fecond, une piece entiere tout-à-fait détachée du refte de cette Tragédie. L'amour des deux héros auroit été le nœud, & l'action de Bayard un excellent dénoüement. C'eft un grand défaut. Je le reprochois à un certain Auteur :

Chaque acte en fa piece eft une piece entiere.

[113]

Il faut toujours répéter , le style est foible ;
& rend mal les sujets , mais passons au quatrieme acte.

R A C I N E. La premiere scene est dans
un style coupé & tout-à-fait blâmable. Euphémie s'entretient du combat :

Fuyons...Mes yeux sont pleins de ce vaste carnage.

Peut-on dire mes yeux sont pleins ? Elle
ajoute :

Mais Nemours..... Sur la brêche en vainqueur il
    montoit.

Quel tour ! Elle apperçoit Urbin, & s'écrie :

Se peut-il -- je succombe -- ha je vois le vainqueur.

Encore un coup quel style , quelle exclamation !

B O I L E A U. Urbin vient aussi dans la seconde scene, débiter des vers bien singu-
liers. Il annonce qu'il est captif.

Vous voyez un captif qui rougit peu de l'être ,
La chaîne de Bayard m'honorera peut-être.

Quelle apposition que ce peut être! il annonce froidement que Bayard est blessé par
un traître, & ajoute ce vers qui est bien singulier :

J'en ai vu près de lui que vous devez connoître :

Euphémie qui devroit entrer dans de justes
soupçons, répond :

Non , Je n'en connois plus.

Que d'irrégularités dans cette courte scene !

R O U S S E A U. Bayard n'est apporté
dans la troisieme que pour la remplir.

H

Les difcours qu'il tient font trop longs pour
fa pofition.

    L'effort de la douleur..........
    Pénétrant dans mon fein en détache mon cœur.

Quelle expreffion! peut-on dire que la douleur détache le cœur ? Il s'adreffe enfuite à
Euphémie :

    ....C'eft vous, belle Euphémie,
    Hé bien, ai-je eu raifon d'expier mon erreur.

Il faut toujours s'écrier quel ftile ! il finit
par ce vers : le Roi

    Croira-t-il qu'un mortel ait pu céder vos charmes.

Admirez donc que ces réflexions & ces fentimens d'amour font bien placés.

    R A C I N E. La bleffure de Bayard n'eft
certainement pas bien dangereufe, ni la
douleur bien forte, puifqu'elles lui laiffent
le tems de tenir de très-longs difcours fur la
prétendue fuite de Nemours, qu'Avogare
lui annonce dans la quatrieme fcene ; il veut
qu'on le reporte au champ de bataille. Les
fentimens qu'il exprime font affez-nobles.
L'Auteur excelle dans ce genre.

    B O I L E A U. Mais il eft contre toute vrai-
femblance qu'on ait apporté Bayard dans la
galletie, qui eft le lieu de la fcene, plutôt
que de le porter dans un lieu plus commode.
Il eft contre toute vraifemblance, qu'on s'a-
mufe à lui parler au lieu de le fecourir, &
que lui-même puiffe fupporter fi long-tems
la plaie faignante & mortelle que doit avoir

fait le fer d'une lance, qui eft dit-on refté dans la bleffure ; cependant il écoute tranquillement dans la cinquieme fcene le détail du combat, qui n'eft pas le plus mauvais endroit de cette piece, & ce n'eft qu'après avoir paffé trois fcenes fur ce théatre, qu'il fe rappelle que la douleur a détaché fon cœur, & qu'on le remporte. Tout cela eft contre le bon fens.

R O U S S E A U. Encore un nouvel incident dans la feptieme fcene. Avogare refté feul avec Altémore, lui reproche de ne l'avoir pas imité, en frappant Nemours, comme il avoit frappé Bayard, & il annonce que Pefcaire doit rentrer dans la ville par un fouterrain. Toujours de nouveaux objets capables de diftraire le fpeétateur, il faut dire fur tous ces incidens, ce que Boileau a établi comme un principe :

Souvent trop d'abondance appauvrit la matiere.

B O I L E A U. Ce principe eft certain. La multiplicité d'incidens rompt l'unité, empêche la fimplicité du fujet, embrouille mal à propos l'intrigue, & fatigue l'auditeur dont l'efprit avide court à l'événement. Admirez cependant la prudence d'Euphémie. Elle vient reprocher à fon pere dans la huitieme fcene, la tromperie qu'il lui a faite ; elle annonce pour la premiere fois qu'un Breffan l'a inftruite de tout, & prudemment elle déclare à fon pere qu'elle va tout décou-

H ij

vrir à Gafton, étant fure du pardon; mais fi
elle étoit fure de cette grace, que n'inftrui-
foit-elle Gafton fans en rien dire à fon pere !
celui-ci entre en fureur & la ménace avec
raifon, elle s'écrie:

Où fuis-je ? que réfoudre ? ha quel état horrible !

Ne trouvez-vous pas ce vers bien pathétique ? Toute cette fcene me paroît bien mal
faite.

RACINE. La congratulation que Gafton
fe fait à lui-même, & dont il honore les
François, me femble refroidir l'Auditeur,
inquiet de ce que va faire Euphémie.

ROUSSEAU. Enfin l'Auteur annonce
dans la dixieme fcene, le dénouement qui auroit pu fe faire à la fin de cette fcene ou même
plutôt. Gafton raconte qu'un vieillard lui a
envoyé un foldat (que ne venoit-il lui-
même) pour lui annoncer le danger qu'il
couroit. Euphémie, ajoute-t-il, eft inftruite
de ce complot. Il a fans doute lieu de fe
plaindre d'elle, cependant il n'en fait rien.
Cela eft fuivi d'un jeu de théatre, agréable
aux yeux, s'il eft bien rendu, mais peu capable de plaire à un efprit judicieux. Avogare veut tuer Gafton & fa fille. Gafton veut
tuer Avogare. L'adroite Euphémie empêche
l'un & l'autre; cette efpece de combat eft
accompagné de vers coupés, cela fe fuppofe,
mais dans le fond tout ce jeu eft peu vraifem-
blable & révolte la faine critique.

BOILEAU. La onzieme fcene qui termine

cet acte, est peu digne d'attention. C'est Altémore qui saisit Avogare par l'ordre de Gaston ; il s'apperçoit, je ne sais comment, qu'il a voulu tuer sa fille. Celle-ci prie pour son pere, Gaston l'assure de sa grace ; telle est cette scene. Que dirons-nous cependant de cet acte ?

RACINE. Je ne me suis point trompé, il faut que dans cet acte, & sans doute dans le suivant, l'Auditeur oublie l'amour des deux Héros pour s'occuper de tout autre objet. C'est sans doute un défaut considérable. Au reste, cet acte est encore blâmable par le nombre d'incidens dont il est chargé. Urbin captif, Bayard blessé, Nemours vainqueur, Avogare assassin & parricide, autant qu'il est en lui, occupent successivement le spectateur. Sur ce défaut je ne dirai qu'un mot :

Souvent trop d'abondance appauvrit la matiere.

La vraisemblance comme nous l'avons remarqué, y est également choquée, & par l'imprudente conduite d'Euphémie & d'Avogare, & par les longs discours de Bayard blessé ; mais achevons & voyons le cinquieme acte.

BOILEAU. Que pensez-vous d'abord de Bayard que l'on voit couché ?

RACINE. Je crois cette position hazardée. Le changement de scene est supportable, quoique contraire à l'exactitude de la regle. Mais admirez donc toujours ce style coupé & ces vers détachés les uns des autres. Urbin dit à Bayard, qui croiroit que je suis le captif & vous le vainqueur, & il ajoute :

Graces au ciel pour vos jours me voilà sans allarmes.

Ce qui n'a aucun rapport à sa premiere pensée.

ROUSSEAU. Mais je ne sais pourquoi ce même Urbin dit à Bayard, en parlant des complices d'Avogare.

Vous ne les craignez plus, qu'importe leur supplice?

Car il n'y avoit rien de si intéressant, que de les connoître & de prévenir leur complot.

BOILEAU. La seconde scene n'a rien d'attachant. Gaston annonce que le vieillard qui est instruit du dessein des traitres est arrivé, il pouvoit sans doute arriver plutôt, & ne semble venir au cinquieme acte, que pour finir la piece.

RACINE. La troisieme scene de cet acte est bien la plus intéressante & la mieux faite de toutes. Ce vieillard malheureux, touché de son crime, & animé d'un zele vraiment patriotique, est d'un pathétique, d'un intérêt particulier. Il s'en faut bien que les pensées soient rendues avec toute la force dont elles sont susceptibles; cependant on ne peut s'empêcher d'être touché des sentimens qu'il fait paroître. Le dirai-je? Ce vieillard n'est que trop intéressant, il obscurcit nos guerriers.

BOILEAU. En récompense la quatrieme est bien foible; que des réflexions sont mal placées, quand il faut soutenir une passion vive!

Rousseau. La cinquieme eſt auſſi lan-
guiſſante. Altémore me ſemble bien lent à
exécuter ſon aſſaſſinat. On diroit qu'il attende
Nemours. Bayard parle très-noblement,
quand il dit *ſi je meurs d'un crime*, ne falloit·il
pas par un crime ?

L'aſſaſſin tremblera & non pas la victime.

Mais ce qu'il ajoute *cet aſſaſſin* :

Sentira que ſon cœur veut retenir ſa main.

Eſt inutile, & ne fait qu'affoiblir la penſée.

Racine. La ſixieme me paroît auſſi languir. Le crime marche plus rapidement. Euphémie arrive & annonce la mine, tout cela
eſt impliqué & foible.

Boileau. Gaſton arrive bien à propos
pour ſauver Bayard. Ce qu'il dit *c'eſt le fou-*
dre pour toi, en parlant à Altémore de lui-
même, n'a pas grand ſens. L'évanouiſſe-
ment d'Euphémie eſt bien mal peint, & ſi
j'oſe le dire, pitoyablement exprimé. Gaſton
dit *Euphémie*; celle-ci revenant à elle, dit : *il*
n'eſt plus, puis ajoute: *ha ! Prince, vous*
voila. Gaſton lui répond :

Oui, ce digne vieillard, il nous a tous ſauvé.

Que tout cela eſt foible ! Peut-on ſe déguiſer?
Que tout ce dénouement traîne mal-à-propos.

Racine. La deſcription que fait Gaſton
me paroît cependant aſſez bonne, ſi vous
excepté ce vers qui finit par tous:

A leurs cris vers ces lieux nous avons volé tous.

Il ajoute très-noblement qu'il a sauvé Bayard, qu'il appelle son pere de l'infortuné.

De voir des assassins vil rebut des Bourreaux
Souiller la derniere heure & le sang d'un héros.

ROUSSEAU. La piece pouvoit encore être continuée, on est inquiet sur le sort d'Avogare, qu'Altémore a-dit-échapé, cependant elle finit. Dalegre vient annoncer dans la huitieme scene, qu'Avogare a péri, & a enseveli dans sa ruine ce bon vieillard. Je trouve en cela un défaut de goût. N'auroit il pas été bien à propos de taire le sort de ce vertueux transfuge? Car l'Auditeur se sent plus intéressé au sort de ce personnage épisodique, qu'à celui des Heros, dont l'intérêt est bien affoibli par cette foule d'incidens qui ont occupé le spectateur. Au reste, j'ai dit que c'étoit un défaut de goût, parce que le dénouement ne doit laisser voir que le Héros.

BOILEAU. Pour moi je trouve la morale qui termine cette piece, & qui est mise dans la bouche de Bayard, déplacée. Est-il nécessaire qu'un Poëme dramatique finisse toujours par un trait de morale, quand on ne peut le faire sans désavantage? Que dites-vous cependant de cet acte?

RACINE. Cet acte qui renferme le dénouement, a plusieurs défauts; d'abord le dénouement est impliqué & languissant, l'attention s'y trouve partagée entre le danger de Nemours & celui de Bayard; ce Cheva-

lier qui a été jufqu'ici le principal perfonnage, le cede dans cet acte à Nemours, & ne
paroît que pour parler & être fecouru par le
jeune Duc. Il eft étonnant que Gafton n'ait
pas veillé de près à la garde d'Avogare , &
qu'Altémore annonce tranquillement qu'il eft
échapé, ce qui eft néceffaire au dénouement,
fans que cela jette aucun intérêt dans la piece.
Le vieillard qui vient découvrir le complot
des traitres, auroit du venir plutôt. Il femble
arriver au cinquieme acte précifément pour
finir la piece. Je crois auffi que les lumieres
qu'il aporte font trop confufes. L'efprit de
l'Auditeur fatigué par l'intrigue , ne veut
plus être tenu en fufpens; il eft encore fingulier que l'explofion de la mine foit comme
le fignal du dénouement. Voilà à peu près les
défauts de cet acte.

BOILEAU. Parlons à préfent des perfon-
nages, il n'y en a prefque pas un dans cette
piece qui n'ait fon défaut. Gafton me femble
inférieur à Bayard en générofité. Lorfque ce
dernier lui céde Euphémie, il eft trop tranquille & ne montre point tout le feu de la
jeuneffe; ces deux remarques ne font point
contraires, il auroit pu être plus vif dans la
chaleur de la paffion, plus généreux dans la
réconciliation; l'excès eft le caractere de fon
âge. Je le trouve imprudent de ne point s'affurer mieux d'Avogare & de ne pas tirer de
lui la vérité de fon complot, fon arrivée au
premier acte eft un peu précipitée, enfin in-

férieur à Bayard dans les quatre premiers actes. Il devient le principal perſonnage dans le dernier , cette inégalité eſt un défaut, car on ne ſait plus lequel des deux Guerriers eſt le Héros; l'attention ſe partage & l'unité eſt bleſſée.

R A C I N E. Mais que dirons-nous d'Urbin? Il me paroît tout-à-fait inutile & ne ſemble entrer dans cette Tragédie que pour propo-ſer une trahiſon & porter des fers; il pour-roit être retranché ſans que la piece en ſouf-frit. Au reſte, il eſt indigne de ſon caractere héroïque, de venir propoſer à Bayard de trahir ſon Maître, ce n'eſt pas un léger dé-faut dans ce perſonnage, les actions doivent être conformes au caractere.

R O U S S E A U. Altémore eſt un perſon-nage de trop , il ne peut paſſer pour le con-fident d'Avogare, il entre lui-même dans la piece & ne ſert qu'à y jetter une duplicité de dangers. L'Auteur paroît haïr les confidens, cependant ils ſont néceſſaires. Un confident d'Avogare auroit rempli le perſonnage d'Al-témore, ſi vous en exceptez l'aſſaſſinat de Bayard, & n'auroit pas rompu l'unité.

R A C I N E. Avogare, ſon complice eſt un des perſonnages néceſſaire à la piece , mais il a bien des défauts. Sa fille découvre ſes complots, il reſte tranquille , & ne s'aviſe de la tromper qu'à la fin du troiſieme acte, ce qui ſemble faire un dénouement. Il ſe hazarde imprudemment, à ce qu'il me ſemble, en blessant Bayard. Sûr de sa mine ne pouvoit-il pas s'épargner ce coup qui le décele & le met en danger sans nécessité, & qui au reste rompt l'unité & partage l'attention; enfin il s'échappe sans que personne s'en inquiete, & meurt par son imprudence, parce qu'il falloit finir la piece. La fureur qu'il montre devant Gaston, est encore mal placée. N'étoit-il pas plus dans son caractere de le tromper & de profiter pour cela de son amour pour la fille ?

B O I L E A U. Mais que dites-vous d'Euphémie ? Elle ressemble beaucoup à cette Cassandre de Troye dont les justes prédictions étoient toujours méprisées. Ses larmes & ses soupirs lui font aussi inutiles ; elle a au reste des défauts plus essentiels. Elle n'entre en rien dans le premier acte, joue le plus grand rôle dans les deux suivans, & n'est plus que témoin fort inutile dans les derniers. Sa situation étoit touchante, mais l'Auteur l'a su mettre hors d'intérêt. On ne la voit que faire des réprimandes à son pere, ce qui est peu propre à intéresser pour elle. Nous avons, je crois, remarqué les autres défauts de ce personnage.

R A C I N E. Bayard paroît être le Héros de la piece, nous avons déjà remarqué l'inégalité qui le rend le premier personnage dans les premiers actes & inférieur dans le dernier, nous remarquerons seulement que quoique son personnage soit grand, héroïque & sublime, il me semble ne pas avoir assez de feu pour un guerrier, ne fut-ce que dans sa querelle avec Nemours.

BOILEAU. Il n'y a rien à dire de Dalegre. Nous avons parlé du vieillard : mais de tout ceci que conclurons-nous de la totalité de cette piece ?

RACINE. Que l'unité de lieu & celle de tems y sont bien observées, si vous exceptez ce changement de scene du cinquieme acte qui est peu important. Mais que celle d'action y est blessée dans toutes ses regles par la duplicité de héros & de conspirateurs, par la multiplicité de périls, d'incidens & sur-tout par cet amour épisodique qui coupe la piece en deux ; d'ailleurs le sujet étoit peu susceptible d'unité. Une conspiration contre une ville, est un sujet trop chargé d'incidens pour avoir cette simplicité que forme l'unité d'un Poëme. Au reste le style de celui-ci est très-foible, les sentimens généreux en forment la plus grande partie, le reste languit, l'intrigue est trop embarrassée, & le dénouement foible, impliqué & peu heureux. Cette piece doit donc paroître plus remplie de défauts que de beautés.

BOILEAU. Quoiqu'il en soit de l'exécution, on ne peut s'empêcher de louer l'Auteur du choix de ses sujets, & de l'heureuse hardiesse qui lui a fait entreprendre de faire paroître sur la scene le nom françois. L'esprit patriotique, le zele pour le trône,

l'amour pour les hommes , la grandeur
d'ame qui animent cet excellent citoyen ,
lui méritent fans doute la plus forte eftime
& un jufte tribut de louanges. On fe fent
porté à l'aimer, à l'excufer, à defirer pour
lui les plus heureux fuccès. L'efprit échauffé
par ces beaux noms , cherche avec avidité
les beautés , paffe légerement fur les fautes,
& ne les apperçoit qu'avec chagrin. Voilà
mon fentiment fur l'Auteur.

CONCLUSION.

TELS furent , mon cher Lecteur , les difcours que tinrent les grands hommes qui
m'environnoient. Je les ai rapportés autant
qu'ils font reftés gravés dans ma mémoire ,
& que la foibleffe de mes talens m'a permis
de vous les rendre. J'étois cependant fuf-
pendu & immobile en les écoutant, je faifif-
fois avec avidité jufqu'à la moindre de leurs
idées, j'oubliois le trifte féjour des vivans,
& la fatale néceffité d'y retourner ; mais
Mercure me fit figne qu'il étoit tems de me
retirer : je lui obéis à regret, & tournai fouvent des regards languiffans vers ce beau
féjour qu'il me falloit abandonner.

Ce Dieu me conduifit jufqu'à la porte
d'yvoire de l'Elifée. Tu peux, me dit-il,
communiquer à tes concitoyens ce dont il

[126]

a plu aux Dieux de te rendre le témoin.
Lorfque nos ames héroïques l'exigeront, je
t'avertirai , & tu feras le même voyage ; tu
n'attendras pas long-tems cet heureux jour.
Ainfi dit Mercure , & il me frappa de fon
caducée : je me trouvai tranfporté auffi-
tôt dans le lieu folitaire où il m'avoit apparu.
Mais quelle fut ma furprife en m'appercevant
que j'avois employé prefqu'un mois à un
voyage qui ne m'avoit paru durer que quelques inftans. Je me hâtai d'écrire les mer-
veilles que j'avois vu ; je vous les donne ;
mon cher Lecteur , & je crois en le faifant
vous devenir utile. J'attends avec impa-
tience l'heureux inftant où il plaira aux
Dieux de me rappeller dans le féjour des
ombres. Je ne manquerai pas à mon retour
de vous détailler mon voyage ; je ne le ferai
cependant que dans le cas où je m'apperce-
vrai que cette Relation fera agréable au
Public : dont je crains plus le mépris que la
trifte auftérité de la cenfure , ou le poifon
mortel de la haine & de l'envie.

F I N.

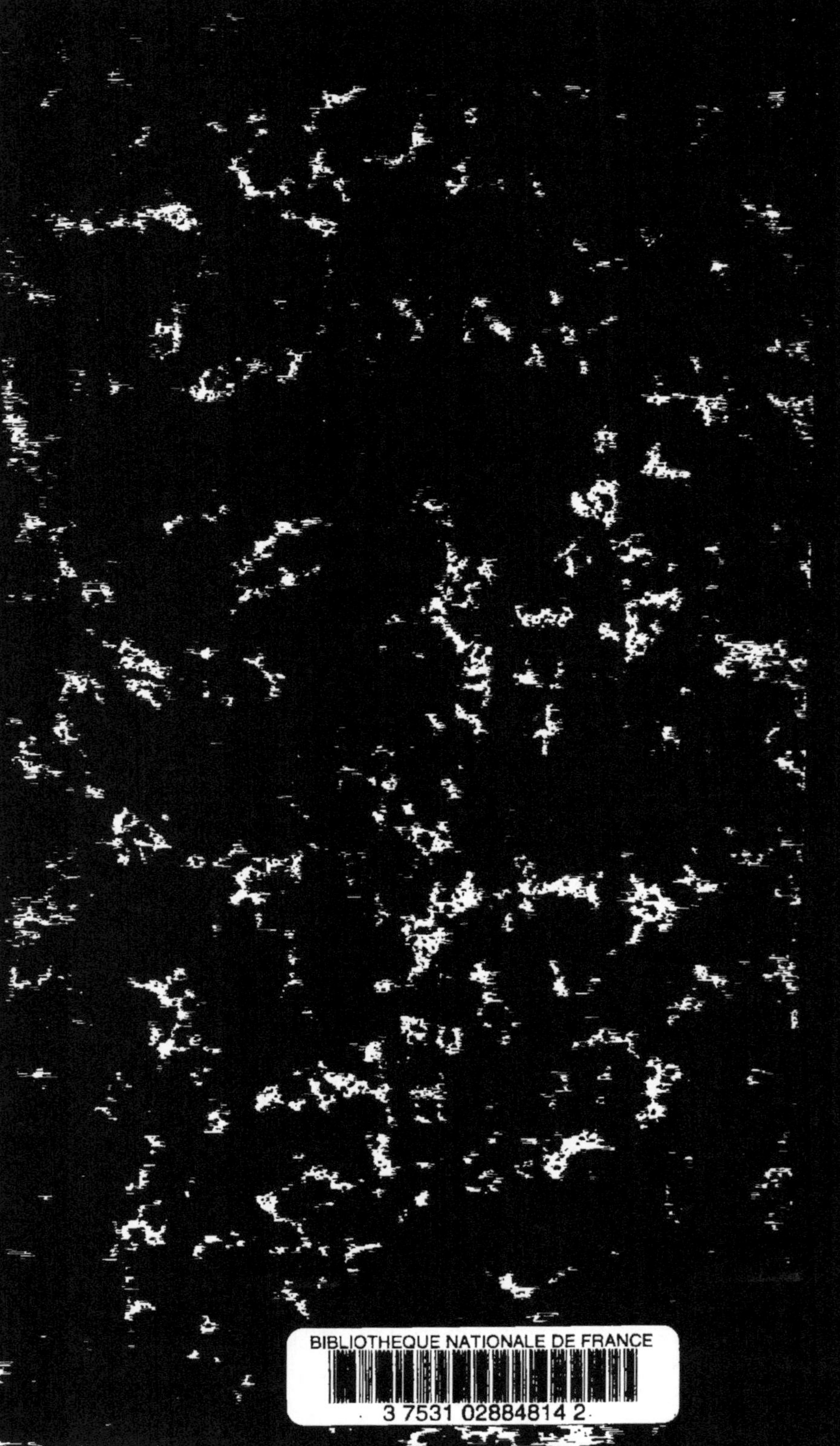